깊은 소리

깊은 소리

펴 낸 날   2022년 7월 29일

지 은 이   오계자
펴 낸 이   이기성
편집팀장   이윤숙
기획편집   이지희, 윤가영, 서해주
표지디자인   이지희
책임마케팅   강보현, 김성욱
펴 낸 곳   도서출판 생각나눔
출판등록   제 2018-000288호
주   소   서울 잔다리로7안길 22, 태성빌딩 3층
전   화   02-325-5100
팩   스   02-325-5101
홈페이지   www.생각나눔.kr
이 메 일   bookmain@think-book.com

• 책값은 표지 뒷면에 표기되어 있습니다.
 ISBN 979-11-7048-426-4(03810)

Copyright ⓒ 2022 by 오계자 All rights reserved.
 ·이 책은 저작권법에 따라 보호받는 저작물이므로 무단전재와 복제를 금지합니다.
 ·잘못된 책은 구입하신 곳에서 바꾸어 드립니다.

 ·이 책은 충청북도, 충북문화재단의 후원으로 문화예술육성지원사업의 일환으로
지원받아 발간되었음.

오계자 수필집

깊은 소리

생각나눔

수필은 사실이어야 하고, 소설은 신념을 바탕으로 한다.

신념을 가지고 세상을 향해 하고 싶은 말은 소설로 엮고,

살면서 만나는 진실게임은 수필로 엮는다.

수필의 생명은 팩트라면서 보고 듣고 느낀 삶의 도형들을

언어로 엮는 과정에 지향점을 찾는 신념을 부인할 수 없다.

메시지를 전하고 싶은 욕심인가 보다.

2022. 7.

南江　오 계 자

차
·
례

2부

1부

이렇게 행복한 삶이 있는 줄 몰랐습니다

✿ 살다 보면 살아진다

＿ 늑장을 부리던 여름이 겨우 꼬
리를 거두고 하루하루 하늘이 한 뼘씩 높아지는 날, 가까이
지내던 문우들과 도립교향악단의 영화음악을 주제로 하는
공연을 보러 갔다.

내가 너무 큰 기대를 했나 보다 싶지만 그래도 음악은 언
제나 가슴을 닦아준다. 공연이 끝났지만, 그 여운이 가시지
않아서 달보드레한 기분으로 콧노래를 흥얼거리며 길벗의
시동을 걸었다. 차분하게 가라앉은 목소리가 흘러나와 잠시
동작을 멈추고 귀 기울이니 라디오 교육방송에서 공지영 소
설『봉순이 언니』를 읽어주는 게 아닌가. 엔진 소리를 줄이
기 위해 살금살금 집으로 오면서 내 집이 시내가 아님이 얼
마나 다행인지.

가족 톡방에 행복한 마음을 고스란히 옮겨놓았더니 덩달아 자식들도 행복하단다.

그리고 며칠 후,

내가 뮤지컬 배우 차지연의 팬임을 알고 있는 딸이 엄마의 기분 식을세라 또 일을 저질러놓는다. 서울 BBCH 아트홀에서 공연하는 뮤지컬 「서편제」를 예매했단다. 꽤 격 높은 뮤지컬이라 한구석 미안함이 있지만 설렘이 더 크다. 자식 덕에 ktx 특실까지 호강하는 행복을 차창 밖 익어가는 가을 들판도 함께 흐뭇해한다.

시간 맞춰서 관람석 자리를 찾아 앉았다. 처음부터 속마음은 살짝 '어째 예술의 전당도 아니고 세종문화회관도 아닐까?' 했는데 와보니 더하다. 무대가 한지로 만든 막이 몇 장 늘어져 있고 약간은 추레해 보였다. 그렇지만 모여드는 관객만은 질서 있고 세련된 사람들이거나 예술인 티가 묻어나는 상류 관객들이다.

공연이 시작되자 무대는 대자연으로 변해버렸다. 한지를

이용한 무빙 월(Moving Wall)에 영상이 날아와 앉으니 조명에 따라 스토리텔링이 극 중 내용과 어우러져 생동감을 준다. 조명은 노을을 배경으로 하는 들길이 되고 산골이 되기도 하고, 서민적 한국의 미를 최대한 살렸다. 산들산들 바람까지 느끼게 해주는가 하면 무대 바닥은 3중으로 돌면서 생동감을 더해준다. 이런 훌륭한 무대를 몰라본 안목 없는 내가 부끄럽다.

어린 남매를 제대로 소리꾼으로 키우고 싶은 아비의 심정을 세상은 홀대한다. 그 세상을 어찌 나쁘다고 하랴. 아무리 들판이나 산골 폭포수를 찾아다니며 소리를 질러대도 미래가 보이지 않는 것이 현실인 것을. 현대음악을 하겠다고 아들 동호는 떠나버리고 딸 송화마저 떠날까 봐 아버지는 딸의 눈을 멀게 한다. 눈까지 멀게 된 주인공 송화 역의 차지연이 쏟아놓는 소리는 노래라기보다 서리고 서린 한을 지둥 치듯 온몸으로 토해 낸다. 그 강렬한 기운에 무용수들 또한 무용이나 춤이라고 표현할 수 없는 몽환적인 영혼의 몸짓이다.

소리에 빠져 정상적인 가정을 꾸릴 수 없는 아버지 때문에 저승으로 가버린 어머니를 향한 원망과 그리움, 동생을 향한 걱정과 애환, 눈먼 자신의 한까지 쌓이니 질러대지 않고는 살 수 없다. 땅을 치고 가슴을 치며 고래고래 고함을 칠 때마다 "살다 보면 살아진다."라고 한다. 그래 살다 보면 살아지겠지. 내가 살아가는 것과 살아지는 것의 차이를 어찌 말로 다 표현하랴. 그 외침은 인간의 가장 깊은 뱃구레서 솟구치는 절규다. 처절한 한의 정서에 그만 나도 눈물이 고였다. 젊은 사람이 어른들의 세대처럼 깊은 한을 품고 살지는 않았을 터지만 어찌 저리도 보는 이의 가슴 바닥을 박박 긁어놓는 연기를 할 수 있을까. 차지연의 폭발적인 에너지 뒤에 찾아오는 처절함, 그 처절함 뒤에 이은 초연한 모습은 관객을 끌어안고 하나가 되어 가슴에 여운을 남긴다. 공연이 끝나면 와자지껄하기 마련이지만 공연장을 빠져나오는 모습들이 하나같이 무겁다. 여운이 깊다. 서울서 보은까지 오는 내내 배우 차지연의 울분이 귀에 쟁쟁했다.

✿ 비운의 여인

_ 여자의 길을 다 빼앗기고, 청춘을 동족상잔의 비극에 묻어버린 비운의 여인이 한없이 가련타. 우리나라 마지막 파르티잔, 정순덕 여사의 사연을 처음 접한 건 대구서 고등학교 다닐 때 신문 기사였다. 정순덕 여인이 지리산 빨치산의 마지막 히로인으로 체포되었다는 보도였다. 당시는, 결혼한지 두 달도 안 된 여인이 남편을 찾기 위해 지리산으로 들어갔다는 무모한 행동이 이해가 되지 않았고, 까맣게 잊고 있었다.

기해년 4월, 바로 어제 중학교 동기 친구가 속리산에 왔다는 연락을 받고 반가워서 잰걸음으로 갔다가 진주에 사신다는 친구의 언니를 소개받았다. 딸 부잣집의 막내와 졸수가 가까운 맏언니 사이라면서 웃는 표정과 순백의 헤어스타일이 돋보이는 참 우아한 분이다. 식사와 차도 함께하고, 세조 길 저수지 위까지 드라이브를 하면서 대화 중에 내가

"진주의 여인들이 참 개성이 뚜렷하고 강한 편인 것 같아요."

하며 논개와 정순덕 이야기를 했다. 자연스럽게 화제는 정순덕 파르티잔이 주인공이 되었다.

언니의 말에 의하면 빨치산서 활약하는 남편이 그립거나 보고 싶어서 입산한 게 아니라 선택의 여지가 없었다고 한다. 그녀의 아버지 정주삼은 정감록 신봉자라서 예언에 따라 십승지지(十勝之地)를 찾아 지리산 깊은 골짜기 신봉자들 아홉 가구가 사는 마을로 이주해서 살고 있었다. 당시 사람들은 물론 지금도 그녀를 두고 일자무식이라고 하지만, 실은 야학으로 한글은 터득을 했다고 한다. 이유는 모르겠으나 정순덕 실록에도 끝까지 문맹 소녀로 기록되어 있다.

열여섯 나이에 결혼을 했고, 결혼한 다음 달에 한국전쟁이 터졌단다. 남편 석성조는 인민군 치하 시절에 로동당 당원으로 인민위원회에서 일을 했으니 인민군이 후퇴하고 부역자가

된 그는 보복을 피해 입산을 해서 본격적인 빨치산의 주요 역할을 한다. 그러니 남편 석성조를 찾기 위해 혈안이 된 군경의 괴롭힘이 얼마나 심했을까. 매일 끌려가 두들겨 맞았다고 한다. 그들이 시어머니를 잔인하게 죽이던 날 밤은, 동네 산기슭 비석에 묶어놓고 석성조 찾을 방법을 생각해 두라고 했단다. 한밤중이 되어서야 손목의 피부가 다 벗겨진 채 포박에서 손을 빼긴 했지만, 집으로 갈 수는 없다. 그 길로 입산할 수밖에 없었다. 산속에서 소문 듣고 찾아온 남편을 만나기는 하지만 또 헤어진다. 연애는 물론 엄금이요, 부부도 함께하지 못한다는 빨치산의 규율 때문이다.

당시 빨치산이라고 해서 투철한 공산주의 이데올로기 같은 것이 있었을까 싶다. 단지 부자들의 재산을 몰수해서 가난한 서민에게 나누어 주는 평등한 세상을 만들자는 이론에 현혹되어 우리도 한을 풀어보자는 의지, 그 신념이 이데올로기가 되었고, 성공하면 우리들은 영웅이 된다는 꿈을 품고 목숨을 건 것이라 생각한다.

친구 언니가 새댁 시절, 정순덕의 재판이 있었는데 그날은, 진주 시민과 전국에서 몰려온 기자들로 인해 법원이 심하게 북적거렸다고 한다. 또한, 그 여인에 대한 소문은 차마 입에 담을 수가 없을 만큼 기구했으며 비인간적이었단다. 왜냐면, 십여 년간 인적 없는 동굴에서 남자 동료와 둘이 숨어 지내면서 아무런 접촉이 없었다는 의사의 진료 결과에, 그럴 수 없다는 추측들이다. 그래서 생긴 소문은 그녀의 몸이 총상으로 인해 허벅지와 대퇴부 부위를 몽땅 잘라내어 흉하다는 둥 여자의 구실을 할 수 없다는 둥 차마 다 들을 수가 없었다. 듣다 보니 한 여인의 기구한 운명을 두고 호기심에 재미를 붙여 떠드는 입방아들이 야속하다. 수십 년이 지난 이야기지만 전해 듣는 지금도 인간은 참 잔인한 동물이라는 생각을 한다. 생각해 보면 뼈에 저리도록 슬픈 그녀의 운명은 그녀의 죄가 아니잖은가. 나라의 수난이요, 민족의 불행한 역사 속에 휘둘린 희생자가 아닌가. 그래도 동족상잔의 비극에 억울한 희생양이 된 그녀를 동정하고 마음으로나마 보듬어주는 언니 같은 분들이 있었다는 사실이 조금은 위로가 된다. 역사를 공부하다 보면 우리 민족은 나라의 수난, 나라의 비극으로 인해 겪어야 했던 백성의 희생이 참 많았다. 조선 오백 년 양반의 나라가 너무 무지한 민족으로 길들여 놓았다. 이제는 우리의 비극을 우리가 방비해야 할 때이다.

✿ 知足不辱(지족불욕)

_ 여고 시절이다. 산천의 나뭇잎들이 맡은 바 소임을 다했다는 신호로 유유자적 황금빛을 받아들이고 있을 때쯤이다. 가을 소풍으로 갔던 어느 산사에서 또래 같기도 하고 대학생 정도의 연령대로 보이는 승복 입은 청년들이 마당에서 맨손체조를 하고 있는 장면을 담 너머서 보았다. 우리는 셋이서 킥킥거리며 출입금지 팻말을 못 본 척 뒷마당 쪽문을 살그머니 열고 들어갔다. 그 젊은 이들이 공부하는 교실이라고 생각하니 호기심은 더 강하게 설렘으로 파고들었다. 교실 뒷문을 살며시 여는데 삐거덕 소리가 어찌나 큰지 놀라서 후다닥 댓돌에서 내려오다 친구가 넘어졌다. 간이 콩알만 한 그때 "뭬 그리 놀라는가! 도둑질을 한 것도 아닌데." 하늘에서 내려다본 부처님의 소리 같

앉다. 셋이서 손을 꼭 잡고 정신을 차려 보니까 아버지 같은 스님이 떡하니 뒷짐 지고 앞에 서 계시는 게 아닌가.

"출입 금지 구역에 들어올 만큼 궁금한 행자들의 강의실은 보고 가야 재." 하시며 문을 활짝 열어주셨다. 눈에 띄는 것은 가지런히 놓인 앉은뱅이 탁자 위에 표지가 누른 책과 벽에 걸린 액자뿐이었다. 액자에는 사자성어인 듯 하지만 첫 글자 '不'과 끝에 글자 '相'만 아는 글자였다. 별 관심 없이 나오려는데 친구가 "저게 무슨 말입니꺼?" 하는 바람에 걸음을 멈출 수밖에. "무신 말인지 설명해도 너거들은 모른다. 마 그냥 가거라." 그 친구가 그래도 설명해 달라고 조르자 "헛된 것에 속아 넘어가지 말라는 말인데, 어떤 것이 헛된 것인지 너거들은 모른데이." 하셨다. 관심조차 없이 알려고도 않고 수십 년 세월을 보냈다.

얼마 전 경인년. 무위당 장일순님의 수묵 전에서 『나는 미처 몰랐네 그대가 나였다는 것을』이라는 책을 구입해 읽다가 낯익은 글귀가 눈에 띄었다. 그 글귀는 바로 여고 시절

행자들 공부방 몰래 보려다 들킨 추억을 불러왔다. 너희들은 설명해 줘도 모르니 그냥 가라고 하신 스님의 뜻을 알겠다. '不取於相(불취어상)' 금강경의 한 구절이며, 살면서 헛것에 속아 넘어가지 말라는 의미라는 설명이야 가능하지만, 해식보다는 무엇이 헛것이며 무엇이 참인지 분별이 더 어려운 소녀들이었으니까. 그렇다면 노년기인 지금은 잘 분별하는가? 글쎄올시다. 책을 덮고 생각해 봤다.

단순히 과욕을 헛것이라 할까.

한때 유명작가를 꿈꾼 적이 있었다. 일간지에서 내 소설을 뽑아주었을 때였다. 노력하면 가능하다는 생각으로 감히 꿈을 꾸었다. 허준의 일대기를 엮은 영화와 소설이 실제와 너무도 거리가 멀어서 아쉽다는 허준 박물관 관장님과 종친의 말에 관심이 생긴 것이다. 허준과 부친의 성함 외엔 모두가 실제와 다르다고 한다. 심지어 '유의재'라는 인물도 미상이라 했다. 자료를 얼마든지 제공할 테니 사실에 기반을 둔 소설을 엮어보라고 해서 마음은 한껏 떠오르는 태양이었다. 하지만 그때는 가정사를 뒤로하고 소설에만 전념할 여건이 되지 못했다. 그러니 그 꿈도 내게는 헛것일 수밖에 없었다. 이제는 여건이 허락되지만 내 능력이 모자란다. 판단력이나 표현력 모두가 떨어진 노년기 상태임을 자신이 잘 안다. 내가 대단한 착상이라고 표현하는 것이 시대감각에 맞지 않는 식상한 글귀가 될 확률이 높다는 이치를 안다. 제 분수를 알기 또한 헛된 것 찾기만큼 만만치 않다. 그래서 '不取於相(불취어상)'은 밀쳐놓고. 제 분수를 알면 욕된 일이 없다는 뜻의 '知足不辱(지족불욕)'을 마음에 담게 되었다.

❀ 이렇게 행복한 삶이 있는 줄 몰랐습니다

　　　　　　　　_ "아름다운 관계를 유지하기 위해
선 아름다운 것들이 투자되어야겠지요."

　부산 광안리 성 베네딕트 수녀원에서 투병 중인 이해인
수녀님의 말씀이다. 수녀원에 입회하신 지 50년이 넘은 칠
십 대 중반의 그분이 펴내신 『필 때도 질 때도 동백꽃처럼』
이라는 책을 읽었다. 아름다움을 위해서 아름다움을 투자
한다는 그 말씀이 곧 우리나라 속담 "뿌린 대로 거둔다."와
뜻이 상통한다는 생각이다. 복을 심어야 복을 거둔다는 아
주 간단한 이치를 우매하기 짝이 없는 내가 그동안 여벌로
생각했다.

　젊은 시절, 먹고살기 위한 뜀박질로 숨이 차서 생각조차
해볼 틈이 없었던 말, "주는 자가 받는 자보다 행복하다."를

이제서 속속들이 느낀다. 소소하지만 베풂의 보람이 얼마나 행복한지 누구나 경험들 했을 것이다. 재물이나 금전이 없으면 어떠랴, 말 한마디라도 예사로이 던지지 않고 마음을 담아 건네려고 노력한다. 전에는 경제적 여유가 있어야 베풀며 사는 줄 알았다. 이젠 안다. 경제적인 베풂도 좋지만, 따뜻한 마음으로 보듬는 위로와 응원이 천군만마가 되는 경우도 있다는 것을.

세계적인 갑부 록펠러가 55세 때 불치병 진단을 받은 날의 이야기를 옮겨본다.

우연히 병원 복도 벽보판에서, 주는 자의 행복에 대한 문구를 보게 되었다고 한다. 그 자리서 생의 마지막 단계에 오게 된 자신을 돌이켜 생각하고 있었다. 그때 병원비 때문에 딸의 수술을 할 수 없어 울며 애태우는 한 여인을 보았단다. 비서진을 통해 신분을 밝히지 않고 병원비 전액을 베풀었다. 수술은 성공적이었고, 건강을 찾은 그 어린아이가 예쁘게 잘 자라고 있는 과정을 지켜보면서 난생 처음 설렘이라는 감정을 경험했고 '이런 것이 행복이구나!' 알게 되었다고 했다. 베풂의 보람을 알게 되면서 하루하루 베풂의 행복이 쌓이다 보니 자신도 주치의도 모르는 사이 불치병이 사라졌단다. 그동안 행복인 줄 알았던 큰돈 벌어들일 때는 단순한 기쁨이었지 진정한 행복이 아니었음이다. 그가 98세에 자서전을 통해 남긴 말이 가슴에 닿는다.

"살면서 이렇게 행복한 삶이 있는 줄 몰랐습니다."

"인생 전반기 55년은 쫓기며 살았고, 후반기 43년은 참으로 행복하게 살았습니다."

그분의 후반기 삶은 복을 심고 복을 거둬들이는 삶이었다. 역시 록펠러는 사업가답게 아름다운 나눔을 투자해서 몇 갑절 키운 행복이라는 이득을 거둬들인 것이다.

이해인 수녀님께서 많은 사람들에게 시를 통해 아름다운 영혼을 주셨으니 본인이 병중임에도 불구하고 아름다움을 가득 실은 책 『마음 산책』을 지난 12월에도 낳으시는 축복을 받으신 것이다.

요즘 젊은이들에게 꼭 맛보게 하고 싶은 것이 주는 사랑이다. 조건 없이 주는 사랑이 얼마나 행복한지 깨달으면 좋겠다. 조건이 따르면 이미 사랑이라 할 수 없다. "나는 이만큼 주는데, 너는 준 게 뭐니?" 이것은 부부간에도 암세포 같은 걸림돌이다.

조건 없는 베풂, 조건 없는 나눔, 조건 없이 주는 사랑의 설렘과 행복은 경험해 본 자만이 알 수 있다. 록펠러처럼 경제적인 부자는 가난한 사람들의 고통을 덜어주는 보람으로 행복이 쌓이고, 이해인 수녀님처럼 자비와 사랑이 풍부한 부자는 많은 사람들의 영혼을 위로하고 용기를 주는 아름다운 시가 축복으로 쌓인다. 나 같은 속물인생은 받은 은혜조차 다 갚지 못해 늘 마음이 무겁다. 그나마 심리상담 일을 할 때는 누군가에게 마음의 상처를 치유해 주기 위한 내 말이 나 자신을 치유하는 행복이 되기도 했다. 베풂을 심어서 그 열매가 내 것이 된다는 이치보다는 심는 행복, 심는 순간의 설렘과 보람이야말로 행복이라고 말하고 싶다.

· 이렇게 행복한 삶이 있는 줄 몰랐습니다 ·

✿ 여인과 달 그리고 바다

_ 정월 보름이다. 청량한 하늘이 문을 열었다. 나는 보름달만 보면 조선의 여인들을 생각한다. 동쪽 하늘을 바라보며 '자식을 점지해주소서.' 간절하게 보름달을 기다리던 옛 여인들 마음 또한 다듬고 씻어서 하늘만큼이나 맑았으리라. 가문의 대를 잇기 위해 그렇게도 힘이 든다는 흡월정을 하면서 얼마나 애가 탔을까. 그에 비하면 나는 애태우지 않고 물 흐르듯 여인의 본분을 다할 수 있었음에 감사한다. 오늘은 참 오랜만에 월출을 보려고 마당으로 나왔다. 정월 보름달이 동산 능선에 올라 숨 몰아쉴 때쯤에 친정어머니 말씀이 떠오른다. 다섯 오빠들과 장난치며 선머슴아 같다고 늘 걱정하시던 어머니시다. "자야, 니도 인자 여자구나. 뻘때추니로 자유롭던 어린애가 아이다. 매

사 몸가짐 조심하고 마음가짐 또한 반듯해야 하는 기라.”

　중2 때다. 정월 보름께 첫 달거리하는 나를 앉혀놓고 어머니는 참 많은 말씀을 하셨다. 밤이 이슥하도록 하시던 말씀 중에는 수십 년이 지난 후에 뜻을 알아차린 내용도 있다. 달과 여인, 그리고 바다의 연관성을 당시는 이해할 수가 없었다. 밀물과 썰물의 차이가 크지 않은 동해 쪽에서 자란 나는 ‘한사리’가 무언지, ‘조금’이 무언지 도무지 모르겠는데, 달은 우리 여인과 아주 밀접한 연이 있다고 어머니는 말씀하셨다. 깊은 뜻은 이해를 못 하면서도 옛날이야기처럼 담고 있었던 게다.

　달이 숨 쉬는 대로 바닷물도 숨을 쉬고 우리 여인들의 몸도 그에 맞춰서 숨을 쉰다고 하신 그 말씀이, 나와는 다른 세상, 마치 전설이나 동화 같았다. 아마 달거리와 관계되는 이야기는 무조건 쑥스러워서 듣기 거북하니까 거부반응을 보였는지도 모른다. 문학에 발을 내밀고 이런저런 공부를 하다 보니 어린 내가 당연히 이해를 못 했던 내용들이 재미있는 관심사가 되었다.

"동반달 서반달 뜰 때가 조금인 기라."

서쪽 하늘에서 눈썹달을 볼 수 있는 음력 초여드레와 동쪽 하늘에 눈썹달이 뜨는 스무사흘에는 바닷물도 줄어들어 수면이 가장 낮은 '조금'이라는 뜻이었다. 반대로 달이 꽉 차서 온달이 되거니 아예 껌껌한 그믐에는 바다도 배부르게 부풀어 꽉 차는 '한사리'가 된다. 그믐에는 달이 한 쪼가리도 없는 데 왜 바닷물은 꽉 차느냐는 철부지의 질문에 "우리가 볼 수는 없지만, 그믐에는 땅 밑에서 온달로 뜬단다." 하셨다. 초승달이 점점 차서 온달이 되어 이 땅에 달빛으로 쏟아붓고 조금씩 조금씩 제 몸이 줄어드는 것처럼 세상 여인들도 몸 안의 보배인 깨끗한 혈이 보름달처럼 차면 쏟아내니 月經(월경)이라 한단다. 이 맑은 피(淨血)를 소중히 간직하면 생명이 탄생하는 것이라고 하셨다.

차고 줄고, 높아지고 낮아지는 조화로 상응하는 우주 섭리로 볼 때 바다를 품고 있는 이 땅을 자궁이라고 표현한 시인의 뜻을 알 듯하다.

　설에는 질어야 좋고, 보름에는 맑아야 좋다고 전해지는 조상들의 마음 또한 떠오르는 달을 향해 소원을 빌기 위한 바람인가 싶다. 태양의 위용, 아버지의 엄중함보다는 모성을 지닌 달을 향해 은밀하게 고요히 마음 모아 소원을 빌면 온화한 품으로 보듬고 들어주리라는 믿음이 父性(부성)과 母性(모성)의 차이다. 가슴 깊은 속에서부터 우러나는 모성 본능은 세상 어떤 힘으로도 억제할 수 없다.

　제법 쌀쌀하지만 뒤꼍 향나무 그림자 꼭대기에 서있는 내게 보름달이 한 볼때기 미소를 보낸다. 재바르게 받아 나도 답례로 물고 있던 볼웃음을 보냈다. 올해는 소원이 이루어지려나 보다. 그냥 기분 좋다.

✿ 떨켜 준비

_ 생각하는 방향이 같고, 뜻이 비슷한 문인 셋이서 죽주산성과 남힌신성 두이를 하면서 보는 이마다 감탄사가 절로 나오는 꾀꼬리단풍에 무어라 표현할 수 없는 설렘을 느꼈다. 설렘이라 한마디의 표현은 너무나 많은 함축이지 싶다.

생물 시간에 아이들에게 푸른 잎이 물드는 과정을 설명하느라 떨켜 층을 형성해서 몸을 보호하는 작용에 대해 좀 비중을 두고 설명했던 기억이 난다. 그때부터 나도 미리 준비하리라 맘먹었던 건 아닐까 싶다.

낮의 길이가 점점 짧아지면 대기 온도, 즉 바람이 전하는 체감 온도가 차츰 선선해지는 걸 나무가 제일 먼저 느끼게 된다. 그때부터 슬금슬금 작업이 시작된다. 특별한 분비물을 생성해서 나뭇가지와 잎자루가 연결된 틈새에 굳은살(코르크처럼)을 만드는 것이다. 그리되면 당연히 잎으로 전달되는 수분 공급로가 줄어들게 되고, 목마른 이파리는 점점 물들기 시작해서 나뭇가지로부터 완전히 차단되면 단풍 색깔은 절정에 이른다.

나무는 잎이 영양분을 제일 많이 지니고 있다. 영양이 많은 잎일수록 단풍이 곱다. 지니고 있는 영양의 성분에 따라 색깔이 다르다. 일일이 다 나열할 수는 없지만, 예를 들어 흔히 알고 있는 안토시아닌이 많으면 빨간 단풍이 된다. 그 중에서 당분, 즉 영양분을 많이 지니고 있을수록 색깔이 진하고 더 곱다. 그러다가 수분이 모자라 떨어지면 그 떨어져 나간 상처로 침범하는 세균 등으로부터 보호를 하기 위해 차단하는 것이다.

사람도 공부를 많이 해서 지식부자가 되고 교양이 몸에 밴 품격을 갖추면 꼬부랑 할머니 할아버지가 되어도 고운 단풍처럼 존경받는 어른이 된다고 아이들에게 좀 긴 설명을 했었다.

영혼의 수행이 쌓일수록 가을이 곱지 않을까 싶은 생각에 떨켜 층 설명이 더 진지했고, 잊지 못하는 게다. 영양분을 많이 저장한 잎이 더 곱듯이 내 영혼에 저장하고 있는 마음 양식의 종류나 질에 따라 나의 가을도 달라질 것이다.

오현정의 시「펭귄이 단풍 든 날」중에 이런 구절이 있다.

짧은 다리로 통증을 누르는 11월/ 짐이 되지 않으려 떨켜를 만드는 순정/ 바람에 몸을 떨고/ 멈추어버린 엽록체로 갈 수 없는 저쪽/ 당신에게로 와서 짙어지고 산화되려나 …

"짐이 되지 않으려고 떨켜 층을 만드는 순정" 이 대목이 유난히 가슴에서 머뭇거린다. 그래도 우린 만물의 영장 아닌가, 짐이 되지 않으려고 떨켜를 만드는 심정을 알기에 별리(別離)의 떨켜가 아닌 별립(別立)을 위한 떨켜를 만들자는 생각을 해봤다. 나만의 세계를 세우는 거다. 나를 위한 떨켜를 준비하기 위해서는 영혼을 보듬어줄 옴살 벗이 필요하다.

　글짓기를 첫 번째 벗으로 삼아 함께하면서 젓대를 벗으로 같이 놀고 있다. 글짓기는 자기 발전, 즉 자기경영을 위한 미래 지향적인 생각을 유도한다. 젓대 소리는 마음의 평화를 선물해 준다. 젓대와 친하게 노는 사람은 치매가 없다고 한다. 치매 예방의 으뜸은 영혼을 편안하게 해주는 것이니까 당연하다. 그렇다고 내 생활에 문제가 없는 것은 아니다. 글 좀 쓰겠다고 노트북 열고 한참 있으면 눈이 아프고 심할 땐 두통까지 동반한다. 컴을 덮어두고 젓대를 꺼낸다. 몇 곡 연주하다가 무르익을 즘이면 벌써 팔과 어깨가 아프다. 이런 경우 전과 달리 짜증을 내기보다는 당연한 삶의 수순이라는 이치를 알기에 편하게 내려놓고 호미 들고 텃밭에 자리 잡는다. 짐이 되지 않기 위한 별리(別離)의 떨켜가 아닌 별립(別立)을 형성하는 준비니까 힘들지 않다. 인생 11월 하순에 찾아오는 동반자 통증들을 나만의 세계에서 승화시킬 수가

있다. 죽음까지도 당하는 게 아니라 준비된 마음으로 맞이

할 수 있도록 아침에 눈을 뜨면 제일 먼저 영혼 수행부터 한

다. 별리(別離)가 아닌 별립(別立)의 떨켜를 준비하는 것이다.

❀ 깊은 소리

_ 겨울비 소리가 마치 밀려온 바닷물이 잔모래를 쓸어내리는 소리처럼 샤~ 가슴을 적신다. 며칠째 게으름을 한껏 피우고 있지만, 무언가 할 일을 미루고 있는 것처럼 뒤가 무거워 마음이 편치는 않았다. 이런저런 공상으로 뒤채다가 밤이 이슥해서야 잠이 든 것 같다.

"자야!" 아버지께서 부르시는 목소리가 우렁차거나 날카롭지는 않았지만 얼마나 깊었던지 가슴 뿌리까지 진동이 번졌다. 눈을 뜨니 내 몸이 침대에서 반듯한 90도로 앉아있다. 꿈이었나? 분명 자고 있었으니 비몽사몽은 아니다.

아직도 어떤 짜릿함과 떨림을 느낀다. 소리의 크기나 넓이가 아닌 깊이를 느끼긴 처음이다. 내 의지 없이 반사적으로 몸을 일으킬 만큼 깊은 소리였다. 꿈이라기엔 어울리지 않는 행동과 전율, 조건반사로 로봇처럼 90도로 앉은 자세도 이해가 안 된다.

어릴 적 아버지는 아주 엄한 훈장이셨다. 이뿐만 아니라 영화로만 보던 국군 훈련소 못지않게 철저한 시간개념과 정리정돈으로 우리 남매들은 늘 훈련소 신병 같았다. 계실 땐 조곤조곤 대화는 거리가 밀지만, 가끔 사나하게 취하신 날은 아버지와 가족의 웃음소리가 집 안 가득했다. 그날만은 우리들도 아버지와 대화도 하고 노래도 하며 자유스러운 날이다. 그런 아버지의 목소리에서 깊이를 느낀 것은 왜일까? 모든 상황이 몽환적이다.

왜 부르셨을까. 전에도 경험이 있기 때문에 어떤 위험이 도사리고 있음을 예고해 주시는 것 같아서, 오늘 장거리 운전 계획은 취소하고 카센터에 길벗 점검을 했다. 열세 살 길벗이 엔진오일 상태가 사람으로 비유한다면 중증 동맥경화증이란다. 아찔했다. 그대로 장거리를 갔으면 큰일 날 뻔했단다. "아버지, 고맙습니다." 두 손 모으고 몇 번을 되뇌었다. 하지만 소리의 깊이에 대한 생각은 여전히 의문이 풀리지 않는다.

언젠가 중국 천산의 천지연에서 바람 한 점 없는 날이었다. 우거진 탑송 숲은 호수의 수면을 거울로 삼았고, 저 멀리 하얀 설산까지, 그림 같은 풍광 앞에서 삭막함을 느낀 적이 있었다. 숲과 호수, 대자연의 아름다움 앞에서 삭막이란 단어를 쓴다는 것이 이해가 되지 않겠지만 삭막함을 느꼈다.

그 이유를 집에 와서 깨달았다. 대문에 들어서니 장독대 옆 앵두나무와 사랑채 쪽 목련 나무에서 새들이 재잘거리며 반겨주었다. 새소리를 듣자마자 무릎을 쳤다.

"맞아, 소리! 거기는 소리와 움직임이 없었어. 그냥 그림이었어." 충주호처럼 유람선이 수면을 가르며 대중가요 요란하게 떠들어대는 풍광, 그것은 살아있음이다. 싫어하던 유람선 유행가도 익숙해지면 자연스러운 삶의 소리가 될 수 있음이다. 신혼 때 고통이었던 남편의 코 고는 소리가 점점 자장가로 변해가듯, 어쩌면 연속된 소리 속에서 평화를 느낄

수 있는 것과 같은 이치인가 보다. 그러나 깊은 소리의 의문
은 풀리지 않는다.

어릴 적 아버지의 목소리는 살짝 무섭긴 해도 반갑고 좋
았다. 출장 다녀오시면서 사 오신 오스카 화장품을 어머니
께 내밀면서 "임자, 이거." 계면쩍어하신 표정과 목소리는 잊
을 수 없다. 그린 아버지께서 나를 부르신 소리가 어떻게 그
리도 깊었을까. 왜 깊다고 느꼈을까. 아무리 생각해도 모르
겠다. 딸의 위험을 감지하신 탓이라면, 다급해서 날카롭거
나 우렁찰 터이다.

밤이 이슥하도록 아버지의 추억을 더듬다가 문득 여남은
살 적 앞마당 우물가에서 꾸중 듣던 일이 생각났다. 인근에
서 깊기로 소문난 우물인데 까치발을 하고 겨우 들여다본
우물 안이 신기해서 "아!" 하고 소리를 지르자 깊은 울림으
로 들렸다. 다시 "아, 아, 아!" 하면 내 소리가 울림으로 돌
아오곤 했다. 그때 마침 아버지께서 보시고 위험한 짓이라고
걱정을 하신 게다. 그 울림과 되돌아오는 속도가 깊이를 짐

작할 수 있었다.

그렇구나. 아버지의 목소리에서 깊이를 느낀 것은 울림이었다. 장엄함도 아니요, 지둥 치듯 요란하지도 않지만 나를 90도로 일으킬 만큼 깊은 소리. 그 소리 근원에는 깊은 울림이 깃들었고, 딸의 위험을 막아야 하는 급박함도 깃들었으리라. 그래서 더 깊은 울림으로 가슴 깊이 인각된 것이라고 딸은 믿는다.

❀ 아픔은 문학의 마중물

_ 눈치 없이 뭉그적거리며 세상 생기를 훔쳐 머던 봄비기 비껴나면서 길을 활짝 열어수는 상쾌한 아침이다. 일찌감치 청주문인협회 문학기행 출발지로 가서 선후배님들과 담소도 나누고, 낯설지 않아서 반갑다.

금계국이 자동차 바람에 몸살을 하고 노란 낮달맞이 꽃무리가 정감 있는 국도의 정취 또한 기분을 살리는데 한몫을 한다. 단순하게 일상에서의 탈출을 즐김이 아니라 오늘은 작가로서 무언가를 수집하기 위해 신경부리를 곤두세웠다.

이번 여행은 춘천의 김유정 문학촌에서 그분의 흔적을 찾아보는 것이 나의 주목적이고, 벌써 3년이나 지난 일이지만 낙산사의 마음 아픈 화재 흔적도 돌아봐야겠다.

앞, 뒤, 좌우에 듬직한 산들이 병풍처럼 둘러져 있고 그 속에 묻힌 작은 마을, 떡시루처럼 생겼다고 실레 마을이라 한단다. 그곳에 위치한 김유정 문학촌에 들어서니 자그마한 연못과 정자가 먼저 눈에 들어와 안온하다. 문학관과 생가를 둘러보고 그의 일생에 대해 설명 듣고 아픈 삶과 문학의 연결고리를 생각해 본다.

흔히 문인들이 말하기를, 사랑을 해야 애틋한 글이 나온다고 한다. 그 말에 크게 공감을 못 했는데 사랑도 아픈 사랑일 때 심장의 바닥을 박박 긁는 글이 솟구친다는 것을 오늘 알게 되었다. 그렇구나, 아픔은 문학의 마중물이구나. 생각해 보면 당연하다. 아프거나 슬퍼야 우는 법, 아픔이 강할수록 울음도 더 크게, 더 절절하게 운다.

김유정, 그는 말더듬이에다가 혈육으로부터도 버림받은 존재가 된 입장에서 수십 번씩 사랑을 고백할 수 있는 용기, 난 그 용기가 참으로 대단해 보였다. 보통 사람들은 아무리 애틋해도 자신의 처지를 생각하면 거절당할 것을 지레

짐작하고 용기를 내지 못한다. 그분의 용기와 상처가 세상 아픈 사람들의 속내를 소리쳐 주고 대신 울어줘서 모두가 공감하고 감동한다. 아프고 슬픈 그의 영혼이 용기를 잃지 않아서 아름답다.

전시실에서 희미해져 가는 삶의 막판에 필승이라는 분에게 쓴 편지글을 보며 내 전신의 피돌기가 빨라지는 느낌이었다.

"필승아, 나는 날로 몸이 꺼진다. … 병마와 담판이다. …." 그 담판에서 이기고 싶은 절절함이 소름 돋도록 느껴진다.

버스를 타고 실레 마을을 돌아 나오면서 이 산, 저 산 숲속마다 그의 애원, 그의 눈물, 그의 울부짖음이 안개처럼 맴돌고 있는 듯 내 마음도 짠하다. 저 숲속에 누워 얼마나 애태웠을까. 짧으면서도 고통덩어리였던 그의 삶이 애달프다. 그나마 가슴에 사랑을 품었기에 서러움과 고통을 아름다운 글로 승화시킬 수 있었지 싶다.

숙소에 짐을 풀고 바닷가 횟집으로 오니 벌써 이내가 내리고 있다. 낙산사에 얼른 가고 싶어 마음은 낙산사에 보내고 허수아비 밥을 먹었다.

제법 억센 파도로 인해 물보라가 피부에 느껴지는 모래사장 길을 걸으며 속으로 외쳤다. '심금을 울리는 절절한 글을 쓰지 못해도 괜찮아. 나는 김유정을 닮은 슬픈 사랑은 안 할래.' 가슴에 남은 잡동사니들 다 씻어내어 밀려 온 하얀 거품 속으로 묻어버렸다. 가벼운 기분으로 낙산사 입구를 들어서다가 아직도 산불의 흔적을 감고 있는 아름드리 소나무를 보자 많은 생각들이 별똥처럼 떨어진다. 인간의 실수가 다른 인간에게 해를 입힌 것 못잖게 온몸에 붕대를 감고 멀거니 서있는 말 못하는 나무의 상처가 안쓰럽다. 천년의 세월 찬바람도 따순 바람도 켜켜이 쌓은 삶의 궤적이 검은 숯 누룽지가 되었다. 이번 여행은 김유정 님의 아픔과 산불에 할퀸 낙산사 주변 고목들의 흔적이 가슴에 붙박이 되어서 뒤가 무겁다.

✿ 식영정(息影亭)의 여운

　_ 화려강산이란 말이 아주 잘 어울리는 가을이다. 곱게 물들이던 단풍들이 하나둘 떨어지기 시작하면서 덩달아 나도 여느 가을보다 바쁘다. 다 떨어져 가랑잎이 되기 전에 소쇄원의 가을 풍광명미와 성산별곡의 산실 식영정이 궁금해서 길을 나섰다. 여러 번 다녀온 곳이지만 설렘은 여전하다. 면앙정, 환벽당, 소쇄원 등등 많은 정자 중 어느 한 곳 마음 빼앗기지 않는 곳이 없다. 그중에도 어젯밤부터 마음 주기로 작정한 곳은 송강 정철 선생님께서 「성산별곡」을 낳으셨다는 식영정이다. 미리 공부한 머릿속의 자료들을 솔가지 사이로 보이는 광주호 수면에 펼쳐 놓고 노송에 기대어 풍류를 즐기던 옛 선비들을 상상하며 설화들을 그려본다.

식영정은 여러 설화가 있지만, 명칭대로 모두 그림자와 관련된 이야기다. 하나는 흔히 알고 있듯이 '따라 다니는 그림자가 싫어서 헤매다가 이곳 천년 송 그늘에 오니 그림자가 사라졌다'는 이유로 이름 지었다는 설이다. 지금까지는 가볍게 들어 넘겼지만, 그 그림자는 바로 '누(累)'라는 것을 오늘 깊이 있게 생각해 본다. 상대가 사람이든, 식물이든, 짐승이든 모든 생명에게 누를 끼친다는 것은 괴로운 일이니 떨쳐버리고 싶기 마련이다. 여기서 그늘이란 당연 은거일 게다.

보다 확실하게 다가오는 식영정의 정설은 『장자 잡편』의 「어부(漁夫)」 장(章)에서 따온 제목이라는 설이다.

"강에서 고기를 잡던 어부가 공자에게 당신은 왜 그렇게 쓸데없이 바쁘게 사는가?

인(仁)을 실현하겠다고 바쁘게 뛰어다니는 꼴이 참 안됐다. 그렇게 뛴다고 될 일 같으냐? 자신을 따라다니는 그림자[影]와 발자국[迹]은 열심히 뛸수록 더 따라붙는다. 그늘에 들어가야 그림자가 쉬고(處陰以休影), 고요한 데 머물러야만 발자국도 쉰다(處靜以息迹)."라고 하는 대목에서 휴영(休影)과 식적(息迹)의 줄임말이 식영(息影)이 되었다고 하는 기록이다. 쉽게 말하자면 그만 헐떡거려라! 이제 좀 쉬면서 자기 내면을 들여다보아라! 이게 도가의 이념이며 식영정의 속뜻이라고 생각해 본다. 바로 나 자신에게 해주고픈 말이다. 오늘 식영정을 찾은 이유이기도 하나.

조선의 선비들은 대개 젊어서는 유학으로 열정을 쏟지만, 이런저런 사유로 벼슬과 부귀영화를 초개처럼 내려놓고 귀향해서 은거하고 도가사상으로 풍유를 즐겼다고 한다. 아마 그래서 石川(석천) 임억령의 사위 김성원이 장인을 위해 이런 명당에 정자를 지어 드렸나 보다. 덕분에 식영정은 송강 선생님을 비롯하여 당대를 풍미한 시인 묵객이 드나들며 우리나라 고전문학의 기틀을 마련했다.

서양의 건축물은 내부 시설과 외형 등 건물 자체가 중심이라면 우리의 선조들은 건물에서 바라보는 풍광을 중시했다고 한다. 여기 정자들이 다 그렇다. 식영정 주변 산세는 능선이 여유롭고 편안하다. 당시 굽이굽이 흐르던 창계천은 댐 공사로 호수 광주호가 되었지만 늙은 소나무들과 배롱나무 사이로 내려다보이는 호수 또한 조화롭게 어우러진 비경 중의 비경이다. 아무도 없는 정자에 혼자 남아 하루만이라도 옛 시인 묵객의 흉내를 내고 싶은 마음은 여운으로 남겨놓고 내려오는 길 촉촉이 내리는 부슬비가 아쉬움을 더해준다.

· 식영정(息影亭)의 여운 ·

✿ 포석정에서

_ "언니, 오늘 하루는 나를 위해 줄 수 없어요?"

남편이 허튼짓을 했나 보다 싶어서 많이 바쁜 와중에도 노트북을 덮었다. 긴말 필요 없이 우리는 한 시간 후, 가끔 만나던 거기서 만났다.

둘이서 계획 없이, 무작정 떠났다. 고속도로를 피해서 남으로, 남으로 핸들 방향을 잡는 후배도, 나도 이렇게 무작정 떠나기를 좋아한다. 몇 년 전만 해도 가끔 이런 짓을 했으나 지금은 내가 바쁘다는 걸 알기 때문에 많이 자제하는 후배다. 문학을 하는 사람이 아니지만 정서가 비슷하다.

황간을 지나 추풍령 휴게소를 들어가기 위해 추풍령 IC로 진입했다. 지체부자유 장애를 가진 내 다리 사정을 알고 구름다리 한번 보고 나 한번 보며 머뭇거리는 것을 눈치채고 내가 앞장섰다. 커피 한 잔씩 들고 하나둘 오르고 쉬며, 천천히 계단을 올랐다. 오늘 하루 여기 계단에서 다 소비해도 괜찮다는 마음으로 여유롭게 움직였다.

"구름도 울고 넘는다는 표현과 구름도 쉬어 간다는 표현이 있는데 민정 엄마는 오늘 저기 황학산 중턱에 구름도 울고 앉아있는 것처럼 보이지?"

"알면서 뭘 물어요. 난 언니가 언제 봐도 밝은 모습이 참 부러워요. 언니는 저 산허리 구름이 춤을 추는 것 같죠?"

"아니, 포석정 같아요. 흐르는 구름 위에 술잔 띄우고 싶어요." 했더니, 곧바로 고, 고우! 하더니 오르던 계단에서 돌아서며 서둔다. 그렇게 우리는 경주로 향했다.

경주 남산 서쪽 계곡 방향으로 가다가 신라 시대 화랑들이 풍류를 즐기던 연회장소 포석정이다. 찾아올 때의 기분, 그 분위기를 살짝 다운시키는 썰렁하고 메마른 상황이지만 내가 먼저 정완영의 시 「을숙도」를 읊으며 "… 강물만 강이 아니라 하루해도 강이라며 경주 벌 막막히 저무는 또 하나의 강을 보네." 우리는 상상으로 술잔을 띄우고 시를 읊으며 분위기를 띄웠다. 포석정은 원래 중국의 왕희지가 친구들과 즐기던 유상곡수연(流觴曲水宴)을 본떠서 만들었다는 기록을 본 적이 있다. 물에 술잔을 띄우고 그 술잔이 자기 앞에 오는 동인 시를 한 수 읊어야 한다. 비쳐 시를 싯지 못하면 벌주를 마셔야 했단다. 이 얼마나 낭만적인 유희인가. 아마도 오늘은 우리 둘의 유희라기보다는 포석정 수로에 눈물의 잔을 띄울 것 같다. 이미 이 여인의 긴 눈이 촉촉하다.

"남녀 평등요? 웃기지 말라구 해요, 남자는 저 하고 싶은 짓거리 다하면서도 가족 생각, 가족 위한 헌신은 여자들 몫이 되는 걸요."

잠시 먼 산만 바라보다가 다시 꺼낸다. "그때는 큰아들 결혼 날 받아놓은 상태라서 이혼할 수가 없어 참고 넘어갔죠. 결혼시키고 나니 딸이 걸리잖아요, 부모가 이혼하면 딸에게는 아주 큰 악영향이 될 것 같아서 또 참았지요. 그렇게 두

녀석들 다 제 가정 이뤄서 나가고 나니까 온 세상이 허허벌판 같았어요. 황량한 벌판에 그래도 아무도 없는 것보다는 밉든 곱든 옆에 있는 것이 더 나으리라 생각했어요. 그런데 나를 더 비참한 바보로 만든 것은 그이더라구요." 말을 잇지 못하고 한참을 손수건만 적신다.

"여보, 이제 우리 둘만 남았네, 지난날 껄끄러운 문제들 다 잊어버리고 우리도 새 출발 하는 의미로 여행이나 다녀올까?" 해서 이 여인은 지난봄, 진짜 행복하게 사이판까지 다녀왔단다. 그런데 어제 한 여자가 찾아와서 사람이 어찌 그리 어리석냐고, 아들딸 결혼 시키고 나면 아내가 떠날 거라고 했다면서 기다리라고 했단다. 왜 못 떠나느냐고, 허수아비 남자 무슨 미련이 남느냐면서 둔하다고 거듭 강조하더란다.

골프장 간 남편에게 지금 당장 오지 않으면 나를 영원히 볼 수 없을 거라는 협박으로 불렀단다. 남편의 말은, "옛날에 사귀던 여잔데 또 자꾸 찾아오는 걸 안 만나주니까 심술 부리는 거여." 하면서 확실하게 둘 관계 매듭지은 지가 언젠

지도 모른단다. 자기를 믿어달라고 하더란다. 그 말 듣자마자 내가 "휴!" 하고 안심이라 했더니 나를 이상타는 듯 바라보면서 "언니는 민정이 아빠를 아주 믿는군요." 한다.

"과거사 다 잊고 여행 떠날 때, 그때 기분으로 돌아가요. 무조건 믿어요. 내 생각은 그 여자가 오히려 남편의 각오와 새 출발의 뜻을 더 믿도록 해주었네요. 진짜 그 여자 다녀가길 잘했어요. '못 먹는 감 찔러나 본다.'라는 속담 알죠? 한시름 놓았어요. 실은 아침에 통화하고 걱정했는데 이제 홀가분해요." 내 말을 듣고 한참을 생각하더니 불과 몇십 분 전의 표정과는 확연하게 다른 밝은 표정으로 배고프다면서 밥 먹으러 가잔다.

✿ 물안개 한삼자락

_ 무심코 지나칠 뻔했다. 나도 모르게 걸음이 멈춰지면서 눈씨는 피어오르는 물안개자락에 휘말려 들어갔다. 머리는 '어여 가자' 멈춘 발씨를 재촉하지만 온몸이 눈씨를 따른다. 물안개는 살풀이춤에 미친 한삼자락이 되어 나부끼며 피어오르고, 조금씩 내 영혼도 끌려들기 시작했다. 그리고 보였다. 반세기를 살아온 내 삶의 도형들이 나타났다가는 한삼자락에 휘말려 사라지고 또 다른 영상이 나타나고, 몽환적인 순간과 순간들이 얼마나 지났을까, 안개자락들은 덩이가 되어 다른 우주로 들어가는 깊은 관문 같았다. 주연배우가 되어 스치는 지난날의 내 모습들.

50여 년 전이다. 사람도, 산천도 설기만 한 곳, 불안과 공포까지 안고 첫발을 딛던 마을 어귀 저수지 둑길이다. 남과 북을 좌청룡 우백호 삼아 안산이 둑이 되었고, 동으로는 덩치 좋은 진산을 의지한 우리 동네다. 서쪽으로는 탁 트인 들판과 유유히 흐르는 냇물이 평화롭다. 내가 이 저수지를 천사의 가슴이라 일컫는 이유는 숱한 눈물과 한을 뿌렸어도, 감당하기 비거운 나의 상처를 온전히 씻겨주던 너른 가슴이기 때문이다. 그땐 풀 한 포기, 돌멩이 하나까지 나를 애달프게 바라보던 아픈 삶의 시공간이었다.

촌스러운 대구 아가씨가 말조차 소통이 매끄럽지 못해 삐거덕거리는 모양새며, 뽕잎 따러 뒷산 뽕밭으로 가다가 똬리를 틀고 있는 뱀에 놀라 경기를 하던 꼴은 수십 년이 지나고 보니 입꼬리를 올려준다.

그땐 지금처럼 뽕나무의 가지를 치는 것이 아니라 씨눈이 다치지 않게 이파리를 하나하나 따는 작업이었다. 많이 해본 솜씨라는 칭찬에도 두 가지 해석이 나왔다. 진짜 잘한다는 뜻인지, 그냥 해본 말씀인지 편하게 받아들이지 못했다.

교과서에서 사진으로만 보던 누에를 만져야 할 때는 정말말로 표현할 형용사를 찾지 못할 만큼 대단한 각오와 용기가 필요했다. 그날 밤엔 꿈에도 누에 때문에 시달렸다.

제일 어려운 나락 밭 김매기 영상이 떠오르자 아직도 풀지 못한 숙제가 생각났다. 벼와 피의 구분이다. 거름 빨 잘받아 좋은 나락만 다 뽑았다고 어머님이 격노하시던 날은나도 참 많이 안타까웠다. 신나는 장면도 있다. 가을걷이 때도리깨질이 제일 재미있다. 어머님과 마주 서서 쿵짝쿵짝 박자 맞출 때는 신명 많은 본능이 살아났다.

칭찬은 더 열심히 하라는 마법 같아서, 집에 아무도 없는장날, 큰 밭 귀퉁이에 붙은 작은 밭떼기가 온통 풀숲이라깨끗하게 뽑아냈다. 개운하고 뿌듯해서 들뜬 기분이었다. 해거름에 할아버지께서 뒷골 밭에 가시더니 황급히 내려오셔서 누가 더덕을 홀라당 다 뽑아버렸다고 난리가 나셨다. 기다리고 있던 칭찬은 천둥 번개를 동반한 벼락으로 변해버렸다. 어쩐지 풀 뽑으면서 풀의 향이 참 좋다고 느꼈지. 지금이야 안개자락을 통해 나타난 이런 영상들이 미소를 짓게 하는 추억이지만 당시 새댁에겐 아주 큰 상처요, 하루하루가 공포였다. 무엇보다 아직도 가슴 깊이 자리 잡은 아들딸 차별 대우는 이 저수지에 참으로 많은 눈물을 뿌렸다. 둘째 동서가 먼저 아들을 낳고 한 달 후에 내가 딸을 낳았다. 그 서러움은 차마 다 표현할 수가 없다. 「공쥐 팥쥐」 동화 속에나 있을법한 사연이 현실에 버젓이 실현되고 있다는 사실이 믿어지지 않았다. 내가 그 서러움의 주인공이 아니었다면 아마 나도 믿지 못할 것 같은 나날이었다.

햇살이 뒷산 능선을 타고 내려오자 무대는 바뀌어 물안개가 한층 더 격렬하게 춤사위를 벌이며 안산의 솔숲으로 스며들어 사라진다. 안개가 떠나자 유난히 반짝이는 물비늘의 박수를 받으며 내 영화도 막을 내렸다. 경자년 11월, 동살과 같이 피어오르는 물안개를 스크린 삼아 내 삶의 영화를 본 것이다. 미움과 원망, 지난날의 아픔까지 아름다운 추억으로 승화시킨 영화가 된 것은 내 영혼이 그만큼 평화로워졌다는 의미다.

✿ 형평운동 기념탑 앞에서

_ 역사 공부를 하면서 안타까운 사례들이 많지만, 그중에서 개인적으로 가장 가슴 치는 문제는 성리학 위주의 조선 500년이다. 지난해 화양 서원에서 성리학을 주제로 선비 체험 학습 행사에 참석했다가 휴식시간 대화 중에 화양서원 전교님을 대단히 화나시게 한 적이 있다. "고구려의 기백이 지금까지 이어졌다면 우리나라는 일본보다 훨씬 앞서 선진국이 되었을 것입니다. 성리학으로 인해 조선의 500년은 양반의 나라였지, 백성의 나라가 아니었어요. 백성은 굽실거림만 배우고 순종하는 습관만 익혔기 때문에 결국 일본 통치에도 쉽게 굽실거렸잖아요." 했더니 버럭 화가 나신 전교님께서 "뭔 소리여! 양반이 나라 살려놓고 양반이 나라 맨등겨!" 하셨다. 더 이상의 논쟁을 막기 위

해 진행하시는 교수님이 서둘러 다음 프로그램을 위해 집합을 하셨다. 저녁에는 이 행사의 주관이신 교수님께 슬그머니 같은 말을 꺼냈더니 "성리학이 학문적으로 최고임엔 틀림없습니다. 정치적으로는 모순된 점이 있군요." 하셨다. 일본이 조선을 쉽게 점령할 수 있었고, 여유롭게 식민정치를 할 수 있었던 원인이 바로 백성들은 지아기 없었다. 조선 오백 년이 남긴 것이 무언가? 부? 훌륭한 사상철학? 기술?

예술과 기술 분야에 뛰어난 사람을 천민 취급하며 무시했다. 생각할수록 가슴 칠 역사다. 이를 안타까워하며 양반이지만 천민을 위해 나선 진주의 강상호 님의 형평운동을 오늘은 모셔본다.

박경리의 소설 『토지』에는 천민들과 그 가족들이 등장해서 주요 역할을 하고 '형평사' 이야기도 나온다. 조선 시대부터 도살을 업으로 삼은 자들과 버들가지로 수공업을 하는 사람에게 백정이라고 칭하고 천대했다.

갑오개혁은 문벌제도와 반상차별 등의 신분제 철폐, 죄인

연좌법 폐지, 조혼 금지 및 미망인 재가 허용 등의 조치가 취해졌다. 수백 년간 지속되어 온 봉건적 관습이 적어도 법률적으로는 완전히 폐기된 셈이다. 하지만 개혁이란 단어가 무색할 정도로 갑오개혁은 종이에 새긴 기록일 뿐, 백정들은 비단옷을 입을 수 없었으며 외출할 때는 상투를 틀지 못하고 '패랭이'를 써야 했고 기와집에서 살지 못했단다. 장례 때는 상여도 사용할 수 없었다. 또한, 학교에도 백정의 자녀들을 받아주지 않았다. 더욱이 일제는 조선의 개화를 방해하기 위해 봉건적 질서를 더 부추기는 입장이라 행정적으로도 차별을 심하게 했다. 예를 들면, 민적(民籍)에 올릴 때 이름 앞에 '붉은 점' 등으로 표시하거나 도한(屠漢)으로 기재했을 뿐만 아니라 관공서에 제출하는 서류에도 반드시 신분을 표시하도록 했다. 이러한 현실에 대한 불만은 조직적인 사회운동으로 구체화되기 시작했다.

유독 진주에서 형평운동이 일어난 것은 양반 출신 강상호 때문이었다. 경제적으로 여유가 있어도 백정의 자식이라 입학을 못 하는 아이들을 서류상 양자로 입양해 입학을 시키기 시작해서 많은 백정의 자식들이 학교에 다니게 해 주었단다. 그로 인해 그분은 양반사회의 따돌림을 받는가 하면 신백정이라는 별명까지 붙어 다녔다고 한다. 허나 그분은 개의치 않고 형평운동을 한다. 후에 신백정 별명이 붙은 그분의 임종에 문상객이 없자 전국의 백정들, 즉 축산입주들이 모여 아주 성대한 9일장을 치렀다는 기록이다. 그 일로 인해 형평운동이 확산된 것이고, 현 축산업조합이 형성되었다고 한다. 단순한 운동이 아니다. 조상 대대로 전해지는 恨덩어리를 발산시킨 것이다.

오늘날은 어떤가. 조선의 마지막 총독 아베 노부유키의 예언대로 금배지 부대는 그들대로 서로 물어뜯는가 하면 삼권분립도 안 된 허울만 민주국가다.

무엇보다 소름 돋도록 창피한 현상은 명색이 국민의 대표라는 국회의원이 일개 장관에게 아부하는 꼴이다. 그 격 떨어지는 꼬라지를 보면서 아직도 강자 앞에 서면 두 손 비비고 자기주장이 약한 민족성이 남아있음을 알 수 있다. 눈사람을 만들기 위해 눈을 뭉쳐서 굴리면 점점 단단하게 커지는 것처럼 너무나도 단단하게 세뇌된 조직적인 세력은 이제 아무래도 깨부수거나 막을 자는 없는 것 같다. 똑똑하고 말 안 듣는 자는 죄목 만들어 날개 꺾어버리는 세상을 보니 우리나라가 지금 참 민주주의와는 점점 멀어지는 것 같다. 제대로 된 진보, 제대로 된 보수가 뼈저리게 아쉽다. 자식들에게 조선 시대처럼 사회에 적응하는 요령부터 가르칠 순 없고, 자기주장 확실하면 날개가 부러지니 어찌하면 좋을꼬. 성조기를 짓밟으며 데모하던 젊은 지도부들의 자식은 미국서 잘 살고 있는데 말이다.

·형평운동 기념탑 앞에서·

✿ 오장환의 『병든 서울』을 읽고

    _ 세기의 영웅은 난세(亂世)에 태어
난다. 세기의 시(詩) 또한 절박함에시 태어나게 되어있나. 아
픔이 지나쳐 절박할 때 가슴 바닥을 박박 긁는 울음이 터지
기 마련이다. 시는 현실이다. 물론 상상 속에서 창작되어야
하지만 눈앞의 현실을 근거해서다. 그러다 보니 조선 말기부
터 1950~1960년대의 수난기를 겪어야 했던 시인들의 가슴
은 더할 나위 없다.

  우리 민족이 경술국치부터 1945년 해방까지, 그리고 1950
년 한국전쟁과 그 후유증 등 가장 큰 수난이며 격동의 시기
가, 1918년에 태어난 오장환 시인의 일생이기도 하다. 그 시
대에 삶이란 모든 백성들이 다 겪는 아픔이지만, 시인의 감
수성은 아프다 못해 절망이었을 것이다. 눈을 감고 그 시대

그 입장이 되어보면 상상만으로도 숨이 막힐 듯 답답해진다. 게다가 은근슬쩍 술수를 아는 시인들이야 환경에 잘 적응하지만, 오장환 시인의 인품을 내가 어찌 알까만 기록이나 그분의 작품을 보면 주장이 확실하며 소신이 뚜렷하다. 구석구석 다 뒤져도 일제강점(日帝強占)기에 눈치를 본다거나 소신을 굽힌다거나 비슷한 글귀는 찾지 못했다.

얼마 전 내가 신동문 시인의 일대기를 소설화하기 위해 그분의 작품과 관련된 자료를 공부했는데 그분이 소신껏 살자는 젊은 혈기가 앞섰다면, 같은 주장이라도 오장환 시인은 농익은 느낌이 든다. 오장환의 병든 서울을 접하면서 나도 모르게 신동문 시인이 직설적으로 썩어가는 지성인들을 비판한 칼럼이 떠올랐다.

시 「병든 서울」이 장시(長時) 형태지만 지루하지 않은 이유는, 서술적으로 풀어가는 느낌, 감정에 공감을 하는 저항성이 가슴에 스며들기 때문이다. 본인은 해방을 맞는 날 병실에서의 울음은, 거리로 뛰쳐나와 만세를 부르며 우는 시민들과 다른 울음이라고, 개인의 울음이라 했다. 허나 내 생각은 모든 민족의 울음이 같은 울음이겠지 싶지만 36년의 서러움이 폭발한 울음, 즉 기쁨과 서러움이 뒤엉킨 울음 뒤에 따라오는 현실에서 보이는 미래의 걱정이 아닌가. 누군들 그 울부짖음에 개인의 감정이 어찌 이입되지 않으랴.

믿어지지 않던 해방이 현실임을 감지하고 시인이 서울의 거리로 나왔을 때는 이미 희망찬 서울의 거리가 아니었다. 씩씩하고 굳건한 청년도, 밝은 웃음도 보이지 않고 기대와는 정반대의 거리임을 보았을 때 그의 가슴은 울분과 한탄으로 바뀐다. 오죽하면 병이 든 서울이라 했을까.

발밭은 장사꾼들, 기회주의 정치꾼들뿐만 아니라 아부하는 글쟁이들의 칼럼에도 비위 상했을 것이다. 격동의 시기에 분노와 좌절에 기울지 않고 적당히 비판하면서, 큰물이 지나간 서울의 맑게 갠 하늘을 기대한 대목에서는 그분의 미래지향적인 사고(思考)를 알 수 있다. 동시에 해방된 국민이, 사회가 걸어야 할 방향을 적절하게 제시한 시라고 생각한다.

이 시를 다시 찾은 내 심정은 요즘 돌아가는 사회와 정치가 깊은 수렁에서 헤매기 때문이다. 오늘도 뉴스를 보면 단군 이래 최악이지 싶다.

작금의 정치가 총칼 없는 전쟁이다. 겁난다. 서로 물고 뜯다가 망한다고 했던 아베 노부유키의 고별사가 소름 끼치도록 알찐거린다.

그야말로 병든 대한민국이다. 표식동물들의 싸움에 온 나라가 들썩이다니, 깊이 병든 이 난세에 누군가 우뚝 솟아 방향 제시를 했으면 좋겠다는 바람은 있지만, 막상 누군가 올바른 제시를 한다고 해도 그것이 옳은지조차 깨닫지 못할 판이다.

오장환 시인의 희망처럼 우리도 큰물이 지나면 하늘이 맑게 갤 것임을 기다려야 할까? 어차피 병든 나라를 구해줄 치료사는 국민이다. 나라가 아프면 국민은 치료해야 할 권리와 의무가 있다. 그 치료 방법은 누가 뭐래도 흔들리지 말고, 들썩이지 말고 맡은 임무에 충실히 임하는 것이다. 휴대

폰에 '까꿍' 하며 날아오는 말, 말, 말에 현혹되지 않고, 소
신껏, 소신이 중요하다. 오장환 시인처럼.

❀ 기차 용쓰는 소리

　_ 비 오는 날은 으레 엉덩이를 들썩인다. 그러다가 결국은 드라이브를 하고 만다. 젊은 시절 남편이 비 오는 날 드라이브하는 취미를 두고 핀잔을 주곤 했던 내가 지금은 취미를 넘어서 습관이 되어있다.

　경부고속도로를 달리는 일이 있을 땐 강추위가 심술을 부려도, 작달비가 가로막아도 추풍령 휴게소만은 그냥 지나치지 못한다. 그냥 지나치면 마치 엄마를 배신하는 것 같은 느낌이 올 정도로 생활의 일부가 되었다. 나도 모르게 핸들을 추풍령 휴게소로 돌린다. 다행히 바람은 없지만 공기 입자들이 꽤 날카로운 삼월삼짇날이다. 오늘처럼 날씨가 냉정한 날은 따뜻한 커피 잔을 들고 황악산 허리춤을 두르고 있는 하얀 구름 띠를 만나기 위해 휴게소 구름다리 계단을 오른다. 멀리 산들은 어김없이 친정엄마 영상을 피어 올린다. 커피 잔에서 모락모락 피어오르는 한삼자락은 어머니를 부르는 주술 같다.

내가 대여섯 살 정도 되었을 때다. 어머니가 앞치마를 벗고 반진고리와 양말 보따리를 들면 이미 두 살 터울 동생과 나는 빙 가운데 불ㅡ레한 전등 아래에 자리 잡는다. 재질이 좋지 못한 탓인지 두 켤레씩 겹쳐 신는 구 남매의 구멍 난 양말은 어찌나 많은지 매일 밤 꿰매도 수북하게 쌓인다. 바늘귀에 실을 꿰고 양말 속에 전구를 넣고 나면 엄마는 이야기 샘이니까 그냥 두레박으로 물 퍼 올리듯 이야기가 술술 나왔다. 낮에는 듣지 못했던 칙칙폭폭 기차 소리가 드문드문 배경음이 되기도 했다. 우리 동네 금릉군 봉산면 면 소재지와 추풍령 고개와의 거리는 모른다. 하지만 밤에만 들을 수 있는 기차 소리가 좀 이상했다. 그 이상한 기차 소리의 수수께끼를 풀고 싶어서 어느 날 어머니에게 물었다. "어무이예, 기차가 칙칙폭폭 계속 가면 되는

데 왜 가다가 말고 짜르르 합니꺼?" 지금 생각하면 어머니의 대답이 참 서정성이 짙은 감각이셨다. "엄마는 니 하나만 업고도 힘들어서 휴우 하는데 기차는 그 많은 사람들을 안고 추풍령 고개를 넘을라 캐봐라. 얼마나 힘들겠노. 안 미끄러질라꼬 용쓰는 기라."

당시는 증기기관차라서 힘이 모자랐나 보다. 잘 나가던 칙칙폭폭 소리가 짜르르 하고 용쓰는 소리가 난 다음에는 느리게 치익 치익 포옥 포옥 힘들어하는 소리였다. 어릴 적부터 역마살의 끼가 있었을까 기차 소리는 늘 예사롭게 들리지 않고 설렘이며 그리움이요, 타고 싶은 소원이었다.

드디어 소원 성취하는 날이 왔다. 오빠랑 김천서 열차를 타고 대구를 가는데 내가 발을 바닥에 내리지 않고 들고 앉아있으니까 오빠가 "니 와 그라노?" 하면서 다리를 내리라고 했다. "기차가 무거울까 봐 그란다 와." 했더니 어이없다는 듯 창피하다고 주위를 살피더니 내 다리를 꾹 눌러버렸다. 집에 오자마자 온 식구들 앞에서 기차 무겁다고 발 들고 앉아있던 이야기를 해버려서 한바탕 웃음거리로 끝나면 좋겠는데 '바보자야'로 놀림감이 되었다.

그동안 세월은 강산이 일곱 번이나 변했지만, 기차가 용쓰는 소리와 어머니의 양말 꾸러미는 내 가슴에 그리움으로 자리 잡고 해가 거듭할수록 진하게 다가온다.

그렇게 향수(鄕愁)가 되어 가슴에 자리 잡은 추풍령 고개를 그냥 지나치지 못하는 거다. 추풍령에 들르지 않고 지나쳐 온 날 밤엔 기차의 용쓰는 소리와 울 엄마의 반짇고리를 상상하다가 잠이 든다. 가족들 뒷바라지가 어찌 양말뿐이랴. 오빠들은 툭하면 교복 단추를 잃어버려서 아침 시간에 엄마는 곤욕을 치르셨다. 아침이면 대가족 식사 준비만으로도 버거운데 오빠들 도시락은 한두 개가 아닌 것을 혼자서 다 감당하셨다. 그리움이란 내가 무언가 부족할 때 생기는 기다림이라는 어느 교수님의 말씀이 생각난다. 나의 그리움은 미안함 때문이지 싶다.

내 가슴은 애절함이 없고 그리움도 없는 메마른 가슴인

줄 알았다. 가슴도 나이를 먹나 보다. 오늘도 꽤 날카로운 날이지만, 추풍령 휴게소 구름다리 위에서 기차 용쓰는 소리와 엄마가 그리워 한참을 서성이었다.

✿ 꽃발

_ 꽃발: 짐승이 잠잘 곳이나 숨을 곳을 찾을 때 그곳을 다른 짐승이나 사람에게 늘키지 않으려고 빙빙 돌아가는 일

내가 지금 무위당 장일순 선생님의 글을 읽다가 문득 꽃발이라는 단어가 떠올랐다.

「… 가끔 한밤에 풀숲에서 들려오는 벌레 소리에 크게 놀란 적이 있습니다. 만상이 고요한 밤에 그 작은 미물이 자기의 거짓 없는 소리를 들려주는 소리를 들을 때 평상시의 생활을 즉각 생각하게 됩니다. 정말 부끄럽다는

이야기입니다. …」

이 글에서 그분은 벌레 소리를 거짓 없는 소리라고 하셨다. 그래서 삶이 허영임을 깨달으셨고, 참 생명을 지닌 자의 모습은 저래야 한다고 뉘우치면서 미물인 벌레가 스승이 될 수 있다고 하셨다. 그래서 우리의 일상은 생활이라기보다 경쟁과 투쟁을 도구로 하는 허영이었다고 하셨다.

이 글을 읽으면서 꽃밭이라는 단어를 떠올리는 내 못돼먹은 영혼이 티를 내는 게다. 내가 평소 가까이 지내는 지인들에게 늘 이렇게 말해 왔다.

"내 영혼은 참 못됐어. 교회에 가면 창세기 1장 1절이 믿어지질 않고, 절에 가면 싯다르타가 태어나자마자 사방으로 일곱 걸음을 걷고 '천상천하유아독존'을 읊었다는 말도 믿어지지 않거든."

형식적인 말이 아니라 진심이었다. 오늘처럼 무위당 선생님께서 삶의 도량에 깊숙이 들어가셔서 하신 말씀에 함께 빠져들어 공감을 하며 감동을 하는 것이 보통 문인들의 정서이다. 그렇게 서정적이지 못한 내 영혼이 싫어서 가끔은 혼자 훌쩍 떠나 숲속을 거닐기도 하고 호수를 찾기도 하며, 바닷가에서 내 속을 풀어헤쳐 보기도 한다.

　노트북 자판기를 쓰다듬고 있는 지금, 열려있는 장의 방충망을 사이에 두고 참새들이 제법 들뜬 목소리로 누군가를 부른다. 저 목소리를 어찌 가식이 섞인 소리라고 하랴. 아마 좀 전에 뿌려준 음식물을 발견하고 신호를 보내는 모양이다. 삽시간에 새들 가족이 다 모여 뒤꼍 텃밭을 청소해 준다. 참새의 신호에 산비둘기며 낯설지 않지만 이름을 모르는 새들과 까치도 순식간에 모여든다. 가끔 아주 가끔은 한결같이 팔팔하고 들뜬 목소리를 내는 참새를 넋 나간 사람처럼 물끄러미 바라보면 그 자그마한 눈동자가 찰나도 쉼 없이 움직인다. 바라보는 나까지 생기가 돈다. 너희들도 먹는 것, 자는 것 때문에 번뇌가 있느냐고 묻고 싶을 때가 있다. 당연히 낯은 알과 갓 알에서 나온 아가들 보호를 위해 걱정하고 애쓰는 모성애는 있을 테지 싶어서 혼자 자문자답을 했다.

내 영혼이 못마땅해서 숨기고 싶은 시간과 공간에 내가 갇힌 기분이다.

내가 미물이나 새들의 소리에 거짓이 없다는 표현에 반론을 펴는 소피스트로 오해를 받을까 염려된다. 그래도 솔직하게 툭 터놓는다면 짐승들이 인간을 속이기 위해 하는 행위 꽃발도 속임수다. 인간이 그런 짓을 하는 것은 속된 행위로 보면서 짐승들의 속임수는 어찌 참된 행위라고 보느냐다.

무슨 말을 하고 싶은가 하면 인간도 윤리 도덕을 벗어나지 않고 남에게 피해를 주지 않는 범위 내에서 내 가족을 보호할 수 있는 길 꽃발은 재미있는 한 수가 아닌가 싶었을 뿐이다.

❀ 궁 체(宮體)

　_ 화려함을 자랑하던 금수강산이 어느새 다 벗이젖히고 육체미를 자랑한다. 그야말로 북풍한설을 견디며 근육 자랑하는 품새가 미스터 경연대회장 같다. 내면에서는 봄에 움을 틔우기 위한 작업장이 되어 바쁘겠지. 하지만 우리네는 실속 없이 바쁜 12월이었다. 대선이 얼마 안 남았지만 후보들의 정치 철학은 깜깜이고, 흠집 잡기 바쁜 세상이라 돌아보기도 싫다. 그나마 예술인들이 미술, 사진 등 전시회로 시작해서 음악회 창작무용 발표회까지 송년 무대를 품격 있게 빛내주니까 12월의 체통을 지킨 것이다.

　공연히 들뜬 기분으로 어디든 떠나고 싶은 친구들 다섯이 2박 3일 예정으로 길을 나섰다. 출발하자마자 군것질이 시작되는가 하면 별로 우습지 않은 내용에도 하하 호호 웃고 싶어 그동안 어찌 참았을까. 틈틈이 누군가의 뒷담까지 해야 하는 여인들이 학창 시절로 착각하고 있다. 예쁘거나 공부를 잘하면 꼭 뒷담거리가 많았다. 험담이 위험수위에 다다를 때쯤에 잘라버리고 내가 나섰다.

"쥐부리글려가 무슨 말인지 알아?" 했더니 무슨 말인지 알아듣지도 못하고 "뭐라카노?" 해서 "쥐 부 리 글 려." 한마디씩 또박또박 말해 줘도 그런 말이 있느냐고 되묻는다. 뒷담 분위기를 바꿔보려다가 또 가르치는 근성이 나와버렸다.

"옛날 궁중에서 어린 생각시(수습나인)들의 궁중 법도를 교육시키는 거야. 그 첫 번째가 입조심이래. 왜냐면, 허투루 지껄이는 말단 내인의 말 한마디로 대궐 전체가 발칵 뒤집히는 사고도 심심찮게 있기 때문이거든. 말의 중요성을 각인시키기 위해 나란히 세워놓고 내관들이 장대 끝에 불을 붙여서 그 어린애들의 입에 가까이 들이밀면서 입을 지질 듯 겁을 주는 거야. 그만큼 입조심이 궁중 생활의 으뜸이라는 뜻이겠지. 우리들도 그렇잖아. 오랫동안 우정을 유지하려면 첫째도, 둘째도 입조심이 아닐까 싶어서 하는 말이여." 했더니 "그렇긴 그려." 하면서 모두들 긍정적인 반응이다. 사실 다음에 자신이 빠지면 그때는 자기 뒷담 할 것 아니냐고, 이제 우리 이 자리에 없는 친구에 관해서는 칭찬이든 험담이든 일절 하지 않는 것으로 하자고 약속을 했다. 그 약속이 지켜진다면 얼마나 좋을까. 지리산 산채 밥상으로 맛나게 먹고 기분 좋게 숙소로 들어오자 언제 그랬냐는 듯 시작이다. 누가 말리랴.

다시 옛날이야기 하듯 궁녀 이야기를 꺼냈다. "있잖아, 궁녀가 되려면 숫처녀라야 되는데 신체검사를 어떻게 했는지 알어?" 했더니 다들 관심은 최고조가 되었다. 그냥 오늘은 궁녀들의 인생을 화두로 삼아볼까 맘먹었다. 그 검사는 재미없고 간단하기 때문에 설명도 간단하게 했다. "앵무새 감별법이라고 해서 팔에 앵무새 피를 한 방울 떨어뜨려서 또르르 흘러버리면 남정네의 정액이 스민 몸이고, 숫처녀는 팔에 묻어 떨어지는 것이 없다는 기록이야. 간단하게 설명하고, 무심코 넘기던 글씨체 궁체를 이야기했다.

나는 무엇보다 궁체를 생각하면 그 시대 궁녀들이 지켜야 할 모든 것이 내포되어 있음을 느낀다. 오래전 김진세 교수님의 강의를 듣고 가슴이 먹먹했다. 궁체는 단순히 생각시들의 수련 과정에서 연습시키는 글씨체라 생각했다. 그런데 알고 보니 그리 간단하지 않다. 개성이란 있을 수도, 있어서도 안 된다. 붓의 끝이 지면에서 떨어지는 순간까지 정성, 법도, 충성, 효성성은 물론 품위와 온화한 여성미를 잃지 말아야 한단다. 수습 나인들에게 살고 싶으면 눈 감고, 귀 막고, 입 다물어라 교육시키듯 글씨를 연습하는 모든 궁녀들은 오로지 교육과 훈련으로 다듬어진 그 글씨체 궁체여야 했다.

그 사실을 알고부터 나는 컴을 열어도 선뜻 궁체를 꺼내지 못한다. 생각시 시절부터 고된 훈련에서 묻어난 조각품 같은 생각이 들어 편안하지 않아서다. 그들의 노력까지 숭고하게 생각해야겠지만, 궁체라는 글씨체에서 정성과 품위보

다는 고된 교육과정이 먼저 떠올라 편치 않은 게다. 왕의 여
인들이 지켜야 할 모든 법도를 품고 있는 글씨 궁체는 곧 궁
녀의 삶이었다.

🌸 특별한 봄나들이

           _ 바람이 없어 구름을 밀어내지 못하는 날이다. 덕분에 따가운 햇볕을 피할 수 있으니 내심 좋아하며 길을 나섰다. 강원도 원주의 법천사지와 거돈사지가 목적이지만 나는 그쪽 지역의 조선 시대 교통과 숙박시설과 관련된 자료가 더 필요했다. 어지간히 답사가 마무리될 무렵 설성산 신흥사로 가자는 부탁을 했다. 무심한 물오리의 산책이 잔잔한 호수의 수면에 파문이 되듯, 천년의 세월을 담고 묵묵히 또 하루를 쌓고 있는 사찰의 적요를 휘저어 놓고 자동차는 멈췄다.

  여느 고찰처럼 웅장하진 않지만 고려와 신라 그리고 조선의 희로애락을 책갈피처럼 담고 있는 모습은 결코 초라하지 않으며 오히려 장엄하다. 구석구석 느껴지는 정성스러운 손

길에 감탄하며 극락보전에 들자 반가이 맞이하시는 주지 월선스님을 뵈면서 모든 정성이 주지스님의 손길임을 알았다. 설명 같은 거 필요 없이 걷어 올리신 소매를 보니 우리가 산사의 적요만 깨트린 것이 아니라 스님의 일손도 훼방 놓았음이다.

장호원 설성산 신흥사다.

노스님의 안내로 설성산에 성을 쌓게 된 유래가 적힌 자료도 보고, 신흥사의 역사도 공부하게 되었다. 일설에 의하면 지략과 무용(武勇)을 겸비한 장군이 왕의 신임을 받게 되자 주변의 모함으로 인해 사형을 당하기에 이르자 충신들이 나섰단다. 나라를 위해 꼭 필요한 존재임을 내세워 특별사면을 청하였다. 이에 왕은 정해진 날까지 성을 쌓으면 사면하겠다는 약속을 했다. 엄동설한에 혼자 성을 쌓고 있는 모습이 안타까워 주민들이 밤마다 몰래 도와줘서 성을 쌓았고, 그를 기리기 위해서 성의 중앙부에 사찰을 지었다는 이야기다. 다른 설은 신라 17대 내물왕 당시 이곳에 왜군이 번천하여 축성을 쌓기 위해 적당한 곳을 물색 중에 기이하게도 다른 지역은 멀쩡한데 이곳에만 백설이 내려 그 적설 행적을 따라 축성하였기에 설성(雪城)이라 하고 산을 설성산이라 했단다.

하지만 나는 의문이 생겼다. 조선도 아니고 신라 시대요 또 충청도와 경기도가 접하는 북부 내륙지역에 왜군의 번천이라니? 의아해서 알아보기 위해 다음 날 도서관엘 다녀왔다. 여러 서적을 열어본 후에 비로소 알게 된 것은 장호원이 내륙의 교통요지라는 것이다. 침략자의 입장에서는 한양까지 손을 뻗으려면 주요한 역할을 할 곳이다.

장호원을 통과하는 영남로는 삼국시대부터 중남부 내륙지역 상주 부산까지 보부상들은 물론 과거 보러 가는 선비들이 천지신명께 빌고 비는 마음으로 가슴 조이던 길목이다.

뿐만 아니라 북으로는 치악산 등 산세가 험해서 산적이나 산짐승의 위험이 있으므로 평택 수원 등지와 한양에서도 제천 영월을 갈 때 대체로 산세가 순한 장호원을 거치는 경우가 많다 보니 자연히 동서로도 중요한 곳이 되었다.

게다가 한양에서 도보로는 딱 이틀 길로 적당하니까 당연히 신작로가 발달하면서 숙박이 필수가 되었고, 주막들은 숙박까지 제공했다. 주막촌(酒幕村)의 분위기가 불편한 투숙객이 늘어나면서 차츰 신작로 주변에 집을 지어 점잖은 나그네를 위한 숙박업을 하는 가촌(街村)으로 발달하게 된 곳이 장호원이라는 사실을 알게 되었다. 오가며 장호원이라는 이정표를 본 적은 많지만 나와는 아무 연고가 없기 때문에 관심을 두지 않았다. 여기도 저기도 알고 보면 고을마다 역사가 깊은데 살다 보니 나밖에 모르는 우물 안 개구리가 되었던가 싶다.

이제 우물 안 개구리 같은 생활에서 벗어나서 '나'보다는 '우리'를 보듬어야겠다. 우리 동네, 우리 고을, 우리나라 금수강산의 아름다움을 사랑하고 역사를 통해 우리의 문화를 터득하며 사랑하는 마음을 키워야겠다는 생각이다. 마음을 열고 나들이하는 것과 마음 문을 닫은 채 나들이하는 것은 하늘과 땅의 차이와 같다. 5월이다. 벌써 봄이 떠날 채비를 한다. 온통 꽃 천지가 된 세상 구경도 좋지만, 온통 닫혀버린 마음을 열고 너와 나가 아닌 소통하는 우리가 되는 봄이 되었으면 좋겠다.

이번 나들이도 공부하는 특별한 나들이가 되었으니 건강을 주신 부모님께 감사한다.

✿ 만신 김금화

_ "뭇 사람들의 고통과 상처를 보
듬고 어루만저주는 것이 내가 지향하는 가치관입니다."

나라의 만신이 된 김금화 님이 자서전을 통해 밝힌 속내
다. 서해안 배연신 굿, 대동 굿의 기능보유자이신 그분은 세
상 사람들의 울음을 대신 울어주는 인간의 대리자며, 신의
분노를 인간에게 전하는 대리 신이다.

한국전쟁에서 또는 삼풍백화점 붕괴, 2002년 연평해전,
천안함 사건, 세월호 위령제까지 비극 중에도 비극으로 억
울하게 생명을 잃은 이들의 영혼을 위로하는 장소에는 언제
나 김금화 만신께서 혼신을 다하는 모습을 볼 수 있었다.

우리 사회는 신의 제자를 성직자로 인정하기는커녕 오히
려 홀대하는 경향이 있다. 그 예를 들자면, 만신 김금화 옹

이 자신의 자서전에서 밝히기를 1982년 한·미수교 100주년을 기념하는 공연을 위해 미국을 갔다. 공연장에서 한국 영사관 직원들이 김금화 옹이 차려입은 무복을 보곤 놀라서 "나라 망신시킬 일 있느냐. 무슨 굿이냐. 당장 데리고 나가라."라며 무대에 못 나가게 막았다.

다른 공연 다 끝나고 한 머리는 카펫을 걷고 관객들이 하나둘 퇴장하는 판에 김금화 만신의 미국 공연을 제의했던 조자용 선생이 가까스로 미국 영사를 설득했고, 김금화 만신을 떠밀어서 무대엘 올라갔다고 한다. 그러니 혼신을 다할 수밖에. 한두 거리굿을 하고 작두를 타 보였다. 그때 공연장에 있던 관객 모두가 기립박수를 보냈다고 한다. 우리가 무시해도 외국인은 인정한 것이다.

평소 무병(巫炳)에 시달리다가 영검하다는 소문 듣고 내림굿을 의뢰하며 찾아오는 이들에게는 대부분 교회나 절에 다니면서 열심히 기도하며 살라고 조언해서 보냈단다. 신딸을 받아들일 때는 의외로 큰돈을 받는데 그걸 거절하는 것이다. 근래에 덜 익은 무당이 신기가 있다고 무조건 내림굿을 함부로 했다가 반거충이 만들어놓는 경우가 많다고 한다.

현실에서 그분처럼 노래, 독경, 춤까지 몇 시간씩 해내는 완벽한 무당은 의외로 전국에 몇 분밖에 없다고 한다. 무당을 마스터했다는 것은 돈벌이보다 무당 자체에 의미를 두고 엄하고 빡센 수행을 기친 수행자라는 뜻이다. 즉, 무병을 앓다가 찾아오는 이들에게 큰돈 받고 내림굿 해주는 쉬운 돈벌이를 뿌리치고 작두타기, 유리 밟기, 몇 시간씩 노래하고 춤추기 같은 고행을 10년 이상 해냈다는 의미다. 어떤 종교든 제대로 된 성직자라면 속세의 부귀영화는 자기 직위에 맞는 최소한의 연만 두고 자기 수행과 수련을 하시는 것처럼 무당도 예외가 아니다. 종교라는 측면에서 볼 때 무당의 지위는 사제 혹은 신관과 같다고 볼 수 있다고 한다.

외국인의 입장에서 굿판을 본다면 오히려 한국적인 퍼포먼스가 신비롭고 인상적일 수 있다. 토속신앙이든 개신교, 불교 할 것 없이 종교를 편향적 시각으로 보지 말았으면 좋

겠다. 만신 김금화 님 같은 경우 기록을 보면

1985년 중요무형문화재로 지정되어 서해안 풍어제의 흐름을 이어왔다. 이분의 굿은 스페인, 일본, 러시아, 미국, 오스트리아, 중국, 프랑스, 독일, 이탈리아 등 전 세계에 우리 토속 문화와 정신을 알리는 역할을 해왔다고 한다. 사람들을 울리고 웃기며 인간의 가슴속 한을 풀어주었다. 타 종교의 성직자와 다를 바 없이 신제자로서의 길만 가슴에 담고 초월적인 존재 신의 성스러움에 순응하신 분이다.

열일곱에 신내림을 받아 평생 만신의 길에서 헤아릴 수 없이 많은 이들의 상처를 보듬고 슬픔을 위로하는 데 최선을 다하셨다. 이분의 삶이 마치 굿판 같은 인생이요, 그의 굿판이야말로 자신의 인생사를 신명으로 승화시킨 드라마다. 2019년 이승을 떠나실 때 그분에게 보살핌을 받은 많은 신제자들이 배웅하는 장면을 TV 화면으로 보면서 '저승에서는 편히 쉬소서.' 빌었다.

✿ 그냥은 그냥이 아니었다

_ 계절은 변함없이 화려한 흔적을 남기면서 겨울 준비를 한다. 이렇게 세월은 악보에 맞추는 음악처럼 궤도를 벗어나지 않는데 내 가슴은 갈등이 더해진다.

세월 따라 나이테의 숫자도 늘어나고 머리카락은 하얘지는 것이며, 구 남매가 팔 남매 되고, 칠 남매 되는 것이 당연한 삶의 수순이거늘 왜 이렇게 갈피를 잡지 못할까.

둘째 오빠의 영면 소식에 어떤 생각이나 아픔보다 그냥 눈물이 주르르 뺨을 타고 흘렀다. 조카들과 남매들이 모여 장례를 치르는 과정에서도 우리는 야단스러운 통곡도 없고, 한탄도 없었다. 마주 보는 남매들의 얼굴엔 소리 없는 눈물만 흐르고 있었다.

그때도 그랬다. 예닐곱 살쯤이던가 처음으로 집을 떠나 고

모 댁에 갔을 때다. 해가 지고 이내가 내리자 내 얼굴은 눈물범벅이 되었다. 소리 없이 눈물만 흘린 것이다. 같이 갔던 오빠가 "니 와 우노?" "그냥." "엄마 보고 싶나?" "아이다." "그라머 와 우는데?" "그냥." 그렇게 나는 그냥 울었다. 진실로 엄마가 보고 싶다는 애절함 같은 건 몰랐는데 그냥 눈물이 흐른 것이다. 울었다기보다 그냥 눈물이 나온 것이다. 창피하기도 해서 눈물을 감추고 싶었지만 감당할 수가 없이 흘렀다.

70년의 시간을 먹고 할미가 된 지금 또 그냥 눈물을 흘리고 있다. 오빠를 보내드리고 서너 달이 지났지만 자꾸만 흐른다. 아마 오빠가 부모님 같은 존재였나 보다.

엄마와 아버지의 함자에서 따온 '달갑'이라는 명칭으로 남매들이 수십 년간 잘 지내왔다. 해마다 여름 총회면 2박 3일간 행사가 정말 행복했다. 나는 장기자랑에서 2연패의 영광도 경험했다.

이십여 년 전이던가, 회장으로 모시는 둘째 오빠에게 불만을 털어놓은 적이 있다. "교인이 아닌 동생들도 있고 타 종교 인도 있는데 모임 때마다 기도하고 예배 보는 것은 못마땅해 요." 그때 오빠께서 하신 말씀은 더 진한 남매간의 우애를 부 추겼다. "한실아, 이 사람아, 종교문제는 자네보다 내가 더 반 대다. 그래도 우짜겠노. 우리는 형제자매 아이가. 더러는 못 마땅해도 맞춰가며 살아야새." 그 발씀에 큰오빠의 가슴이 엄마의 가슴 못지않다는 것을 알게 되었고, 지금까지 불만 없 이 그대로 진행해 오고 있다. 동생들 힘들면 "내가 어깨 내어 줄게. 딛고 일어나."라고 하신 오빠가 떠나신 것이다.

그냥 흐르는 눈물은 그냥이 아니라 말로 표현할 수 없고, 볼 수도 품을 수도 없는 너무나 큰 사랑의 원천이다. 한글 사전에 뜻풀이되는 그런 그냥이 아니라 눈으로 볼 수 없지 만 없으면 안 되는 전기나 공기처럼 너무나도 대단한 사랑이 라서 미처 느끼지 못하고 그냥인 줄 아는 것이다.

외할머니 말씀에 어미는 잠자고 있어도 안개가 나와서 자 식들을 쓰다듬어 준다고 하시면서 그 안개가 너희들을 알토란 같이 키워주고 지켜주는 것이라 하셨다. 엄마의 품은 어린 우리들에게 배터리 같은 존재였나 보다. 지금 생각하면 볼 수도 없고 품을 수도 없는 너무나도 큰 사랑인 그 안개가 오빠께서도 풍긴 것이다. 엄마 품에서 풍기는 에너지처럼 그동안 오빠의 품에서 피어올라 우리들을 지켜주시고 만나면 행복했던 바탕이 되어 주셨지 싶다. 벌써 보고 싶다.

또 흐른다. 영면하신 오빠에게 마음 깊은 속에서 우러나는 약속 하나 드려야겠다.

"오빠, 동생들 사랑하신 오빠의 마음은 그냥 사랑이 아니라 혈육에서 우러나온 뜨거운 사랑이겠지요. 달갑회를 보전하시고자 베푸신 아량이었지요. 그 뜻이 헛되지 않도록 노력하겠습니다. 지금, 셋째 오빠께서 회장 바통을 받아서 정성을 쏟고 계십니다. 염려 마시고 우리들의 달갑 사랑 변치 않도록 사랑의 안개 내려주소서."

또 그냥 눈물이 흐른다.

❀ 개심사

＿ 서둘러 벗어버린 맨몸의 큰 나무 둥지들은 미끈한 육체미를 뽐내고, 다문다문 틈새마다 붉은 단풍나무 이파리가 갓 시집온 새댁처럼 상기된 얼굴로 11월의 계곡을 밝힌다. 붉음 속에 깔린 노란 기운은 폭신한 느낌이 든다. 참 곱다.

이미 불타버린 백제 혜감국사의 자취는 주춧돌만 남았다지만, 혼을 쏟아서 깎고 다듬어 중건한 조선의 도편수들을 상상하며 한발 한발 된비알을 올랐다.

象王山開心寺(상왕산개심사) 편액이 걸려있는 겹처마에 팔작지붕의 루가 귀티 난다. 미리 답사 자료를 보았으니 안양루라는 것을 짐작했다. 힘들어도 올라오길 잘했구나 싶다. 코끼리를 위해 만들었다는 직사각연못에 외나무다리가 놓여

있다. 그 다리를 건너고 있는 벗을 찰칵 추억으로 담고 안양루 옆 해탈문으로 들어가다가 그만 쓸쓸한 기운이 감도는 공터에 멈춰 서고 말았다. 허허로운 바람이 헐렁하게 입은 바짓가랑이 속으로 스며들어 소름이 돋는다. 이 협협함은 마치 북적거리던 손님들 배웅하고 돌아서서 거실에 무질서하게 놓인 빈 그릇들을 바라보는 느낌이랄까.

어인 일인가. 여느 집 창고처럼 썰렁하고 산지사방 먼지 쌓인 안양루 내부의 허접스러움 때문만은 아닌 것 같다. '안양'이란, 곧 극락을 말함이란다. 너무 기대를 한 탓도 부인할 수는 없다. 불교 의식에 소중하게 쓰이는 법고와 목어, 운판 등이 보관되어 있고, 벽에는 석가모니의 전생 이야기라는 본생담을 주제로 귀한 그림이 그려져 있지만 아무도 눈여겨보지 않아 살짝 안타까운 생각이 든다.

"아미타불을 모시고 협시는 보살인데 왜 대웅보전인가요?" 해설사에게 물었다. 부처님을 잃어버려서 다른 절에서 모셔오고 편액은 그냥 둔 탓이란다.

물 한 모금 마시고 가슴을 여미며 아미타불 좌상 옆에 모셔진 입상협시보살을 보자, 가슴에 파문이 일었다. 본디 부처님이 내 자리 네 자리가 어디 있을까만, 좌상의 본존과 높이를 맞추려고 빌린 자리처럼 낮춰서 천년의 세월을 저렇게 어색하게 서서 계셨다. 우리 역사에 흔한 부처님 도둑, 참으로 세상이 원망스럽다.

스님의 말씀을 듣고서야 알았다. 물이 맑아야 물속을 볼 수 있는 법, 내 하찮은 상식이 마음을 흐려놓았다. 우안(愚眼)으로 먼지만 보았고, 허접스러운 것은 바로 내 마음이었다. 어리석음의 격랑을 재바르게 가라앉히고 길게 숨을 쉬었다.

유난히 수난을 많이 겪었던 한반도, 이래저래 조상의 숨결인 문화재를 도둑맞거나 빼앗기다가 조정의 억불정책으로 사찰들을 불태웠단다. 外侵(외침)이 아닌 우리의 부끄러운 왕조와 선조들이 말이다. 예나 지금이나 나랏일을 하시는 분들이야말로 역사 공부를 해서 자자손손 훗날을 유념하고 무엇이 중요한지 깨달으면 좋겠다.

내려다보니, 심검당과 명부전이 엄마 품처럼 오층석탑을 안온하게 감싸 안고 있다. 덩달아 나도 안온해지는 느낌이다. 석탑의 기단에는 복련(伏蓮)이 새겨져 있고 옥석도 갖춘 귀공자다. 현대인들도 따르기 어려우며, 건축예술의 극치라는 대웅전의 옆모습을 바라보니 상처투성이 천년의 세월이 한줄기 건듯 바람처럼 스친다. 아제아제 바라아제 바라승아제 모지사바하. 하늘이시여 부처님이시여! 이제는 부디 세속의 바람은 세속에서만 불게 하소서. 합장하고 기원해 본다.

✿ 상처투성이라 더 아름답다

＿ 그대 앞에서는 몰랐습니다. 집으로 돌아와 잠자리에 들면 영상이 나타납니다. 글은 물론 말로도 형용할 수 없는 당신의 아픔과 슬픔은 곧 민족의 수난이요, 고통이었지요. 그대 영혼은 너무나도 큰 슬픔을 안고 있기에 더 아름답습니다. 그 슬픔을 공감하기에 만날 때마다 더 애절합니다. 썩어 문드러지는 살점을 뚫고 새 핏줄을 이어 뿌리와 가지로 주고받는 당신의 생명은 가슴 아리도록 숭고합니다. 억울해서 이대로 떠날 수 없다고 오기로 버티었던가요. 얼마나 기가 막히고 또 막혔으면 당신의 속이 온새미로 내려앉아 버렸을까요. 그 아픔을 미처 생각 못하고 신기한 듯 텅 빈 몸속에 들어가서 살피기도 했던 날, 그날도 밤이 되어서야 비로소 깨닫고 미안해서 후회했답니

다. 오늘은 당신의 억장이 무너져 텅 빈 몸속을 차마 들어
갈 수가 없었습니다. 지난해보다 조금 더 굵어진 새 생명 줄
을 한참 어루만져 보았습니다. 감히 견줄 수는 없지만 그래
도 당신을 보면 질곡의 세월을 견딘 내 삶이 자꾸만 알찐거
립니다. 그래서 더 공감하는가 봅니다.

　임진란이 불태워버린 법천사지 황량한 벌판에 고즈넉하
게 서서 사찰의 역사와 민족의 수난까지 슬픔을 온몸으로
품고 천년을 버티어 온 늙은 느티나무는 올 때마다 다른
이야기를 전해준다. 십오여 년 전에는 대접받지 못하고 슬
픈 역사만 지닌 채 길가에 서있는 노거수가 초췌해서 짠
했다. 지난해 만났을 때는 절터 복원으로 길가가 아닌 안
쪽 뜰이 되어서 후계목인 듯, 비서인 듯 젊은이를 거느렸
고 외로움보다는 간수해 온 사연들이 당당하게 대접받는
희망이 보였다. 간간이 老木(노목)을 찾아오는 사람도 있었
다. 그런데 십오여 년 전의 기억에는 어른 옆에 자리 잡은

손자 같은 어린나무를 보지 못한 것 같아서 당시 동행했던 분에게 혹시 느티나무 사진 구할 수 있는지 부탁했더니 마침 찾았다며 보내왔다. 말 그대로 어른에게 때 쓰는 개구쟁이처럼 뻬딱하게 폼을 잡고 있는 사진 속 아기 나무가 오늘은 청년이 돼있다.

불타지 않은 지광국사 돌탑은 도둑들에 의해 일본까지 끌려간 걸 찾아왔단다. 조각난 몸체를 시멘트로 복원해서 지금 대전 국립문화재 연구소에서 제 본향인 법천사지에 건립 중인 문화재 전시관으로 오려고 기다린단다.

문화재 공부를 하면서 답사를 많이 다녔지만 지광국사 탑비는 다른 탑비에 비해 조각 수법이 섬세하고 세련미가 돋보인다. 용두와 측면의 용문이 화려하지만, 품격을 갖추었다. 비의 몸체를 받치고 있는 비희의 등에 세긴 임금[王] 자를 보면 지광국사께서 왕에는 못 미치지만 버금갈 만큼 대단한 존재였음을 짐작게 하며, 법천사가 얼마나 거대한 사찰인가를 짐작게 한다. 불타지 않은 탑과 탑비가 문화재로 관심을 받을 동안에도 노거수는 사찰과 민족의 숱한 사연들을 지니고 수난을 겪으며 고래 심줄같이 생명을 유지해야만 했다. 하늘과 땅이 심어주고 키워주고 하겠지만, 세찬 칼바람에도 한여름 땅이 갈라지는 가뭄에도 굴하지 않고 모진 세월을 버티고 견딘 힘은 노거수의 영혼이다. 그래서 더 아름답고 숭고하다.

누백년, 누천년 수난과 서러움이 켜켜이 쌓인 상처만으로도 큰 고통일 텐데, 살 속에 박힌 큰 돌을 보는 순간 너무나 짠해서 수술로 꺼내주고 싶었다.

그나마 오늘은 老木(노목)의 활기찬 생명력을 보았다. 버슬거리는 살점덩이가 뭉개지면 뭉개지는 대로 세월에 맡기지 않고 새로운 생명 줄을 형성해서 땅으로 뿌리박고 둥지로 연결해서 혈맥을 잇는 핏줄이 되고 튼튼한 다리 역할을 하고 있는 모습을 보고 쓰다듬어도 보았다. 지난해보다 더 듬직하게 자란 건강을 보았다. 역시 노거수의 노하

우다. 젊은 뿌리를 어루만지며 이제는 슬픈 천년이 아니라 대접받는 새 천년을 누리소서! 기원했다.

✿ 회상기(回想記)

_ 혼자서도 그때 그날을 생각하면 얼굴이 붉어진다. 그렇게도 자신을 몰랐을까. 나보다 훨씬 서정적이고 멋을 아는 남편을 두고 나는 신혼 시절부터 툭 하면 정서가 없다거나 감정이 메마르다는 둥 핀잔을 주었으니 말이다. 심지어는 비 오는 날 드라이브를 좋아하는 그이에게 구질구질하다고 했으니 내가 얼마나 형편없는 아줌마였던가. 지금이라도 옆에 있으면 두 손 꼭 쥐고 머리 숙이고 싶다. 생각할수록 미안타. 그런 나를 어린 딸아이가 정신이 번쩍 들게 한 일이 있었다.

1983년 멕시코에서 개최된 FIFA 세계 청소년축구 선수권대회에서 4강 신화를 안고 귀국한 청소년 선수들이 카퍼레이드 하는 장면을 TV를 통해 보고 있었다. 환영 인파도 대단했지만, 고층 건물에서 뿌리는 색종이 퍼레이드는 중학생 소녀인 딸 아이 입에서 감탄사가 저절로 나오게 했다. "어머나! 너무 예쁘다, 너무 멋있다!" 입을 다물지 못하는 딸 앞에서 내가 왜 그랬을까? "청소부들만 죽어나겠다." 말이 떨어지자마자 벌어졌든 입 그대로 굳어 버린 듯 바라보던 딸이이 하는 말이 "우리 임마 너무 현실적이다." 저 표정은 내가 소녀 시절 생활에 찌든 아줌마들 바라보던 그 표정이 아닌가.

아뿔싸! 정신이 번쩍 깨어났다.

하얀 교복 깃 빳빳하게 풀 먹여 다림질하던 시절, 흐트러진 아줌마들 모습 보며 나는 절대 저렇게는 살지 않으리라고 다짐했다. 그랬던 내가 지금 바로 그런 아줌마가 되어있질 않나. 더구나 그런 자신을 모르고 있질 않은가. 클래식 음악과 함께 찻잔 앞에 두고 독서하는 주부, 자신의 내면을 가꾸고 소녀 같은 감수성 잃지 않으리라고 했는데 말이다. 아찔했다. 비로소 자신을 보게 되자 기가 막혔다.

속속들이 가난을 체험하면서 그놈을 벗어 던지려고 내게 꿈이 있었나 싶을 정도로 이 악물고 뛰기만 했다. 자신을 발견한 순간 놀라게 한 것은 추레한 내 겉모습이 아니라, 자신을 모르고 남편을 우습게 본 바로 그 속 모습이다. 참 황당했다.

충격받은 다음 날, 비는 오고 현장에 쉬는 날이라서 낮잠에 빠진 그이 몰래 차 시동을 걸었다. 목적 없이 달렸다. 그냥 달렸다. 아니 느리게 걸었다? 그야말로 비 오는 날의 드라이브다. 촉촉하고 차분해지는 분위기에 마침 라디오는 고교 시절 즐겨 듣든 곡 「진주 조개잡이」를 깔아주었다. 그리움, 대상도 없는 그리움, 그래도 설레는 그리움, 그이는 이런 분위기에서 누구를 그리워했을까? 나처럼 대상 없는 막연한 그리움이었을까? 옛날 낙동강 강변 함께 거닐던 추억 불러 드라이브했을까? 차를 세우고 눈을 감은 채 차분한 마음으로 명상을 했다.

참 좋다. 이래서 비 오는 날이면 드라이브 하고 싶어 했구

나. 얼굴을 붉혀가며 반성을 했다. 부끄러웠다. 이렇게 멋진 남편의 정서를 모르고 살았으니 부끄럽고 미안하다.

그날부터 비 오는 날 드라이브의 참맛을 알게 되었고, 자신을 가꾸려고 노력했다. 틈틈이 책 사고 책 읽고, 아이들도 책 사 들고 오는 것이 습관 되어 소설에서부터 역사, 과학, 철학, 심리학 등 원하는 분야가 다 내 빗이 되어주고 있다. 남편이 자리 보존하고 누워서 활동을 못 하던 어느 날 휠체어에 앉아서 "비 오는구나." 하는 그이를 차에 태우고 Kenny-G의 색소폰 연주 들으며 드라이브를 했다. 남편의 병 바라지에 제대로 외출 한 번 못하고 있지만 다양한 책을 벗 삼아 충전 기간으로 삼았다. 그 충전이 20여 년이 지난 지금 내면의 양식이 되고 있다. 내 몸은 내가 보듬고, 내 영혼은 내가 가꾸어야 하는 우리 삶의 이치다.

그이는 떠났지만 지금도 비 오는 날이면 추억 불러와 옆자리에 앉혀놓고 드라이브를 한다.

✿ 배다리 집

   _ 소설을 쓰다 보니 다양한 상식
이 절실하다. 내가 관심 있는 분야가 주로 역사와 문화재 공
부다. 이번 답사는 강원도 일원이다. 참 소리 박물관 답사도
새로운 악기의 역사를 알게 되었고 좋았지만, 오죽헌과 선
교장은 많은 생각을 하게 된다. 보은에도 아흔아홉 칸 집이
있어서인지 별 기대 없이 일행을 따라서 아흔아홉 칸 집 선
교장에 입장을 했다. 어! 생각과는 달리 입구에서부터 감탄
을 했다.

 승천을 준비하는 용을 보는 듯 첫밧에 내 혼을 앗아간
건, 고래 등 같은 검은 기와지붕 너머 광경이다. 아름드리 검
붉은 몸으로 꿈틀거리며 위용을 뿜어내고 있는 소나무들이
걸음을 멈추게 했다. 저만치서 일행들이 어서 오라는 손짓

에 정신을 차리고 미리 선교장에 관한 공부를 했던 메모장을 꺼내 들었다.

300여 년 전, 그때는 바로 앞에까지 경포대 호수여서 배를 이어 다리로 사용했기 때문에 배다리 집이라 명명하게 되었다는 설명을 한 번쯤은 누구나 들었을 게다. 또 다른 설명은 집터가 뱃머리를 닮아서 명명한 것이라고도 한다. 하지만 내 관심은 집에 대한 명칭보다 팔작지붕으로 무직하게 체통을 뿜어내는 처마 아래 줄줄이 유명한 묵객들의 현판을 지나면서 신분을 생각하지 않을 수 없었다. 애초 이 집의 주인 이내번(李乃蕃)은 세종대왕의 형 효령대군의 후손일 뿐인데 300년이 지난 지금까지 이렇게 어마어마하게 위세를 떨칠까? 왕족이라는 이유의 세도를 가히 짐작하게 된다. 행랑채 앞 넓은 터에는 커다란 연못이 있고, 활래정이라는 정자가 있다. 정자는 ㄱ자형으로 방과 누마루로 되어있다.

민도리집의 소로수장(건축 형식을 나타내는 전문용어) 형식으로 처마에는 부연을 달고 사면에는 모두 띠살 창호를 달았다. 마침 건축과 교수님이 동행을 하셔서 많이 배웠다. 연못 가운데에는 삼신선산(三神仙山)을 모방한 산을 인공적으로 쌓아 만들었다는데, 소나무를 딱 한 그루만 심어 운치를 더해준다. 조선 왕조가 망하고 지금은 대한민국이며 이제 왕족도 단순하게 전주 이씨라는 정도뿐이지만, 아직도 전국의 백성들이 한 번쯤 보겠다고 선교장을 찾아온다. 동 별당과 서 별당, 외 별당에 연지당, 열화당…. 다 열거할 수가 없는 유명 묵객들의 현판이 붙은 기와집들과 그 안의 세도를 보호하고 지키는 것은, 소나무라기보다 꿈틀거리는 용들이다. 지배자와 지도자의 차이다. 지배자에게 세도는 당연지사로 여기고 살았던 시대였다. 혹여 못난 짓은 없었을까. 이 집을 지을 때 인부들은 노동의 대가를 받았을까? 별별 상상을 해본 시간이었다. 또 일행들의 부름에 잰걸음으로 따라가야만 했다.

김구 선생이 직접 쓰고 선물했다는 휘호를 설명하며 이어서 이 선교장의 6대 종손 이근우가 제작했다고 추정되는 태극기 설명에 해설사도, 우리도 잠시 가슴에 진한 감동이 일었다. 독립운동에 물심으로 응원하고 적극적이던 선교장 가문이 가로 153cm, 세로 145cm 크기의 태극기를 제작해서 선교장에 설립되었던 근대식 학교인 동진학교에서 사용했다고 한다. 건곤감리 4괘를 잘라낸 후 다시 그 바탕에 오려낸 4괘를 한 땀, 한 땀 박음질로 붙인 태극기다. 직접 보지 못하고 사진으로만 보았다. 동진학교가 일본의 탄압으로 4년 만에 문을 닫은 후에도 태극기는 고이 접어 항아리에 담아 땅속에 묻어 보관하고, 피난길에는 품속에 안고 간직했다고 한다.

2015년 한옥은평 역사박물관에서 열린 특별전시회를 위해 처음 세상으로 나와서 빛을 보게 되었고, 진관사에 소장된 태극기와 만나게 되었다고 한다. 땅에 묻고 가슴에 품으며 간직해 온 그 정성도 우리는 영원히 감사해야 할 것이다. 첫 대면부터 권력을 휘두른 건 아닐까 짐작했던 나 자신을 반성하며 독립운동을 위해 많은 노력을 했고 조선의 체통을

지키기 위해 최선을 다한 배다리 집, 이내번(李乃蕃) 가문에

감사한다.

❀ 뜸

_ 어릴 적 대가족이었던 우리 집은 삼시 세끼 까만 무쇠솥에 밥을 지으셨다. 감자를 찌든, 고구마를 삶든 언제나 그 솥이 주인공을 품었다. 그런데 항상 기다림의 시간은 어린 나를 답답하게 했다. 아궁이에 불을 끄면 다 된 것이지 왜 늘 기다리라고 하시는지 이해를 못했다. 어느 날, 장작불을 끄고도 알불이 너무 강하니까 재로 살짝 덮어주시면서 어머니는 조급해하는 나에게 뜸에 관해 설명을 해주셨다. "쌀이 익었다고 바로 밥이 된 것이 아니고, 솥에 갇혀있는 열기가 쌀알 속으로 충분히 스며들어야 제대로 밥맛이 나고 밥도 부드럽단다." 하시며 불을 때서 끓이는 과정보다 밥이든, 감자든 그 맛을 좌우하는 게 바로 뜸 들이는 거라고 하셨다. 밥이 끓을 때 냄새보다 뜸이 들고

밥이 잦았을 때의 냄새가 훨씬 구수하다고 하시면서 너도 공부할 때 너무 급하게 서둘지 말고 뜸을 잘 들여야 된다고 하셨다.

"공부하는데 어떻게 뜸을 들여?" "한 번 더 읽어보고, 좀 더 생각해 보는 것이 뜸 들이는 것이지." 어머니의 말씀을 제대로 터득한 것은 몇 년 더 성숙한 뒤였다. 그리고 내 삶에 뜸 들이기는 수십 년이 지나도 아직 서툴다.

당시는 감자나 고구마를 뜸 들일 때면 얼른 먹고 싶은 마음에 젓가락 들고 부뚜막에 앉아 솥뚜껑을 두드리며 "뜸아, 뜸아, 빨리 감자 속으로 들어가거라." 주문을 하기도 했다. 뜸이라는 뜨거움이 밥이나 감자 속으로 들어가는 것이라 상상했다. 그렇게 철부지 때부터 뜸 들이는 시간이 싫고 답답했던 나는 아직도 '뜸'에 서툴다.

명색이 작가라면서 글을 짓는데도 뜸 들이기를 못하는 경우가 많다. 주위 작가분들이 아주 신중하게 여유를 두고 글을 쓰는 습관을 보면 나도 저렇게 해야 옳다는 생각은 하지만 그 생각은 머리에서만 맴돌 뿐 실천이 쉽지 않다.

결혼 전부터 부러워했던 우리나라 최고 문학지 월간 문학에서 원고 청이 왔다. 맘먹고 중앙의 문예지 원고 마감일을 여유롭게 두고 탈고를 했다. 며칠 후 마감일이 되어 그 원고를 열어보니 엉성함이 한눈에 들어온다. 자리 배치가 거슬리고, 구성이 뒤바뀌있다. 아하, 뜸이 딜 들었다는 말이 바로 이런 거였구나, 참 부끄러웠다. 뜸이란 것은 기다림의 시간이다. 그 시간이 바로 자신의 작품을 객관적인 시선으로 볼 수 있게 한다. 그것이 바로 숙성의 시간이다.

"주제를 선택하면 바로 쓰지 말고 그 주제에 관해 관찰하고 연구해서 완전히 내 것으로 숙성된 다음 쓰기 시작하세요."라고 문하생들에게 누차 지도하면서 자신은 건방진 짓을 한 것이다. 이런 현상은 바로 내 일상에서도 뜸 들이기가 부족하다는 것을 보여주는 일례가 된 것이다.

"급할수록 돌아가라"는 속담의 뜻을 누가 모르나. 머리는 알지만 성급하게 뜸도 들이지 않고 날것으로 먹으려는 미숙

함 아닌가. 세상 살면서 신중해야 할 일들을 수없이 많이 겪는다. 그때마다 과연 얼마나 뜸을 잘 들였을까. 아무리 생각해도 내가 늘 야무지지 못하고 허술했던 것은 바로 그 뜸 들이기가 부족했기 때문이지 싶다. 왜 그리도 성급하게 설쳐 댔을까.

젊은 시절 생각엔 나중에 나이 들면 더 신중하고 모자람이 없는 어른이 될 줄 알았다. 더 많이 참고, 더 많이 베풀고 더 여유롭게 사는 상상을 했다. 그것은 착각이었다. 실제 칠십 대가 되고 보니 자제력은 떨어지고, 뜸 들이기는 더 못한다. 더 베풀고 사는 것은 사실이지만 그 베푼다는 것도 솔직하게 말하자면 나를 위해서지 싶다. 지금 이 나이에도 뜸 들이기에 엄청난 노력이 필요하다는 것은 아직도 숙성이 덜 된 것 같다. 친정아버지 말씀이 생각난다.

아버지께서 작은 채마밭에 퇴비를 주시면서 거름이 완전히 썩어야 독성이 없어지기 때문에 채마에도 좋고 사람에게도 해가 없다고 하셨다. 그때 나는

"덜 썩었으면 밭에서 더 썩을 테지요." 토를 달았다.

"썩는 과정에서 생기는 나쁜 독을 채소가 먹고, 그 채소를 네가 먹는다고 생각해 봐라." 하셨다. 나는 고개를 절레절레 흔들었다.

세상만사 너무 서둘면 해가 되지, 득이 되는 일은 없다는 이치다.

🌸 가슴이 뜨겁다

_ 4월은 잔인한 달.

TS 엘리엇(Eliot)의 시 「황무지」가 아니라도 80년대 후반과 90년대 초 서울의 거리는 최루가스로 4월의 문을 열었다. 그 무렵 내 아이들도 어쩔 수 없이 대학을 서울로 보내야 하는 엄마에게는 걱정과 불안을 떨칠 수 없는 잔인한 4월이기도 했다.

지난 1월 말 동갑내기들이 겨울 바다를 즐기겠다고 제주행 비행기를 탔다. 추위에도 관광지와 유명세를 탄 식당들은 붐볐고, 시내 면세점도 여전했다. 마지막 날 내가 우겨서 제주 4·3 평화공원엘 들렀을 때 우린 말을 잇지 못했다. 먼저 우리가 고용한 기사가 4·3 평화공원을 모르고 있다는 사실부터 놀라지 않을 수 없다. 평생을 제주에서 택시 기사를 했고, 지금도 관광객 렌터카를 운전하며 안내하는 것이 직업인 사람이 말이다. 하긴 나도 몇 해 전 정부에서 과거사 청산 작업을 하기 전에는 보도연맹 색출이라는 명분하에 그렇게 잔인한 대학살이 있었는지 몰랐다. 더군다나 충북대 박물관 팀의 주도로 유골 발굴 작업을 했던 가덕의 분터골은 내가 매일 지나다니는 곳이나. 나노 이웃에서 속이 썩어 문드러지는 아픔이 있었음을 몰랐으면서 그 기사님을 어찌 나무랄 수 있으랴. 알고 보니 보도연맹 색출이란 명분의 한국판 홀로코스트다.

그 만행을 저지른 자와 그 역사를 국민에게 또 학생들에게 알리지 않고 감추는 자들이 다를 바가 없지 않은가. 나의 초·중·고 교과서에 없음은 물론이며, 졸업하는 날까지 한 번도 듣지 못했다. 그런 선생님들의 입을 통해 이완용 매국노라는 말은 많이 들었다. 가슴이 시리다. 노무현 대통령의 의지로 과거사 청산을 한 지금은 중학교 교과서에 4·3 사태에 대해 한 구절 게재되었고, 고등학교 교과서에 몇 줄

게재되어 있다고 들었다. 전시관을 나오다가 들어갈 때 무심코 지나쳤던 백비가 눈에 들어왔다. 누워있다. 심장을 에는 아픔들이 줄줄이 새겨진 것보다 더 많은 상처들이 느껴진다. 보는 이들마다 온갖 상상으로 사연들을 새겨넣을 것이다. 슬픈 영혼들이 이승의 아픔 대신 저승에서 편히 쉬시길 기원했다.

얼마 후, 제주도 함덕이 친정인 지인이 내가 근대사 공부를 집중해서 한다는 소문 들었다며 제주도 4·3사태를 설명할 수 있느냐는 전화를 받았다. 그게 왜 필요한지부터 물었더니 제주도서 오빠의 손자가 왔는데 왜곡되게 알고 있더란다. 당장 달려갔다.

지인과 중3 학생, 중1 두 학생을 위해 설명을 했다. 우선 4·3 사태를 물어보니

"빨갱이 잡는다고 양민들까지 싹 죽인 거요." 하는데 맞는 말이지만 어떻게 해석을 해야 할까 난감했다. 이데올로기 문제가 깔린 사건이라 조심스럽기도 했다.

광복이 되면서 인민위원회가 활개를 치기 시작했고, 한반도 북쪽을 구소련이 지배하자 남쪽에는 1945년에 미 군정이 시작되었다. 당시 남으로, 남으로 밀려가던 마지막 남로당이 제주도에서 목숨 걸고 최후의 악을 쓰던 시기였다.

47년 제주 북국민학교에서 3·1절 기념행사를 하고 군중들이 가두시위를 시작히니까, 요즘 시위하면 경찰이 보안을 위해 동원되는 것처럼 말을 탄 경찰이 보안 순찰하던 중 어린아이가 무슨 사상이 있겠는가, 호기심이겠지 작은 자갈돌 하나를 말을 향해 던졌단다(고무총으로 쏘았다고도 함). 놀란 말이 설치자 말발굽에 어린아이 한 명이 밟히는 사고가 있었고, 이를 본 군중들 몇 명이 그 경찰에게 돌을 던졌다. 이에 시위대의 반동으로 착각한 경찰이 쏜 총에 무고한 주민 여섯 명이 그 자리서 숨졌으니 바로 3·1절 발포사건이다.

제주 주민들은 정부와 미 군정에 반감을 넘어 한을 품게 된다. 내 개인 생각으로는 아마 이 상황을 이용해서 남로당은 순박한 주민들을 많이도 부추기고 들쑤셨을 것이다.

와중에 그해 5월 10일 이승만을 초대 대통령으로 뽑기 위한 투표일이 다가오고 있었다. 반감을 품은 제주 전체 민관 직장인들은 (95%) 파업을 단행했다. 이에 도지사를 비롯해서 모든 수뇌부를 외지인으로 교체하고 외지 젊은이들을 모아서 서북청년회라는 우익 단체를 만들어 강공정책이 시작되었단다. 정부 측은 고문치사가 과도해지며 서북청년회 측은 난폭함이 더욱 악화되는 등 제주 사회는 위기 상황이 온 것이다.

48년 4월 3일 제주의 이산 저산 봉화 연기가 피어오르고 남로당 제주도당의 주도하에 무장봉기가 발발한 것이다. 이들의 슬로건은 "탄압 중지, 단독정부 반대, 통일정부 수립 촉구" 등이다. 이 슬로건을 봐도 순수 제주 양민들의 봉기라고 할 수 없다. 이때 군대에 진압 출동 명령과 동시에 미 군정이 적극 선두에서 진압이 시작되어 많은 남로당을 검거하기도 했지만, 무고한 주민들의 희생은 날벼락을 맞은 것과 다름없었다. 그해 11월 이승만 대통령은 계엄령까지 선포했으나 엄격히 본다면 제대로 법률이 수립되지 않은 상태라서 계엄령이라기보다는 대통령령이라는 논란도 있었다. 이로써 초토화 작전이 시작되어 산골 마을은 무조건 불태웠다. 이런 상황이 54년까지 번복되었으니 제주 주민들의 고통을 어떻게 상상이나 할 수 있으랴.

나는 두 학생에게 이젠 세상 보는 눈을 뜨고 자신의 주관을 굳건히 하며 살자고 했다. 두 학생이 한참 들어준 것도 고마운데 아직도 어르신들은 이승만이 대통령 하려고 반대하는 제주도민 무조건 죽인 것이라고 말하는 사람이 있다고 했다. 다행인 것은 딱 꼬집어 누구의 잘못이라고 할 수가 없다며, 문제는 양민들이 아는 것이 없어서 쉽게 남로당의 유혹에 당했다며 아는 것이 있어야 지혜로울 수 있단다. 그 말을 듣는 순간 나는 밝은 미래를 보았고 가슴이 뜨거워졌다.

❀ 슬픈 연기(演技)

_ 사람 사는 세상에서 하고많은 병중에 왜 하필이면 암이냐고, 남편의 병을 원망하며 눈물 닦던 지인으로부터 연락이 왔다. 소천하셨다고. 가까이 지내던 벗님들이 모여 같이 장례식장엘 갔다. 아무리 오랜 투병으로 가족들이 지친 상태였지만 이별도 보통 이별이 아닌 사별인데 어찌 슬프지 않으며 어찌 애통하지 않으랴. 하지만 아프고 힘든 가슴에 돌 하나 얹어 더 힘들게 하는 곳이 여기 장례식장이 아닌가 싶다.

남편을 먼저 보낸 지인의 문상 자리에서다. 조심 또 조심하지만 끼리 마주했으니 자연스레 농담도 나올 수밖에 없다. 웃지 않을 수 없는 실수담에 금방 눈물 닦던 지인의 하얀 이가 드러나고 말았다. 순간 무슨 큰일이라도 난 것처럼 모두 갑자기 입을 다물고 옆에서 상복 입은 친구를 쿡 찌른다. "누가 보겠다." 우리가 겁먹은 사람처럼 두리번거릴 때 마침 나타나신 시아버님께서 사람들의 시선을 몰아가셨다.

"에구, 저 어른은 뭐하러 오시나." 아들 마지막 가는 길, 이별 파티에 오신 아버지 또한 화제가 되고 있다.

자식 앞세운 부모 마음이야 집에 계시든 여길 오시든 가시방석이고, 左思右考(좌사우고)할 겨를이 없으실 터이다. 지팡이에 의존하며 들어오시는데 오죽 속이 타면 가만히 계시지 못하고 여길 오실까. 위안의 눈빛이라도 먼저 드렸으면 좋겠다. 자식 앞세운 부모가 안절부절못하다가 마지막 가는 길이나마 잘 가도록 보듬고 싶어 오셨구나, 애도의 마음으로 어른을 부축해 드리면 좋겠는데 여긴 왜 오느냐고 수군거린다. 안타깝다. 이쪽도 마찬가지다. 폭소를 참느라 꿀꺽 침을 삼키며 며느리는 얼른 시아버님을 부축한다.

남편 보낸 아내도 사람이거늘 24시간 중 단 1초의 웃음, 그것도 좋아서 웃는 웃음이 아닌 순간적 자극에 의한 물리

적 웃음조차 비난의 대상인가. 그렇게 생각하고 보니 일상에서 가장 가식으로 견뎌야 하는 곳이 장례식장이라는 생각이 들었다. 순간적인 웃음도 시치미 떼야 하고, 오랜 시간 통곡으로 지치고 눈물이 바닥나도 슬픈 척 곡을 해야 한다. 그런 일들과 그런 상황이 오히려 본연의 슬픔을 앗아간다.

몇 년씩이나 남편이 암세포와 싸울 동안 못지않게 힘들었던 가족들이다. 안정이 필요한 유가족이 최대한 긴장해야 되고, 슬픔 스위치를 켜놓은 로봇이 되어야 하는 곳이 장례식장인가 싶다.

문상객도 마찬가지다. 얼굴도 모르는 고인이지만 가족과의 인연 때문에 문상을 와서 가식으로라도 슬퍼해야 된다. 가장 진심을 담아 고인의 명복을 빌어야 하는 곳에서 형식 때문에 가장 가식적인 슬픈 연기(演技)를 한다.

차라리 진도 다시래기처럼 흥겹게 상주를 위로하는 풍습이 더 현명한 것 같다.

❀ 소 확 행

　　　　　　　_ 갑자기 매점 문이 열리며 초등학
생 넷이 들어오더니 "김사합니다." 하면서 거수경례를 하고
는 애국가를 부르는 게 아닌가. 나는 영문도 모른 채 얼떨결
에 흥얼흥얼 따라 불렀다. "대한 사람 대한으로 길이 보전하
세." 노래가 끝나고 한 아이가 하는 말, "할머니, 고맙습니다.
엊저녁에 라면 하나도 못 사 먹는 친구에게 할머니가 라면도
주고, 생수도 주면서 쓰다듬어 주시는 거 보고 우리 감동받
았어요. 고맙습니다. 오래오래 사세요." 하면서 다시 경례를
하고 나갔다. 나야말로 진실로 감동이었다. 꿈나무들의 마인
드가 저렇게 아름답고 귀엽고 밝은데 어찌 우리의 미래가 어
두울 수 있겠는가. TV 뉴스를 보다가 흉악범이 등장하면 어
른들은 "세상이 어떻게 되려구. 쯧쯧쯧." 혀를 차며 걱정하신

다. 그때마다 나도 같은 마음이었다. 그랬는데 요즘은 학생들을 접하면서 우리의 미래는 희망적임을 자주 느낀다.

　지난해다. 청소년 수련원의 매점을 해보라는 제의가 왔다. 하루 너더댓 시간이면 되는 걸 놀면 뭐하느냐고 쾌히 승낙하고 시작했다. 아이들과 함께하는 시간이 재밌다. 나는 초등학생들이 제일 반갑다. 물론 매출로 본다면야 중학생이 훨씬 더 높지만 어린아이일수록 더 귀엽고 재밌다. 쭈뼛거리며 돈만 만지고 있는 아이는 분명 돈이 모자라는 거다. 얼마 모자라느냐고 슬쩍 물어보면 백 원 또는 2~3백 원, 때로는 좀 더 높은 경우도 있지만 "내가 빌려줄게. 나중에 어른 되면 갚아." 하면서 모자라는 동전을 손에 쥐어준다. 그 순간 아이의 표정이 세상을 다 가진 듯 좋아한다. 나도 그 순간이 제일 행복하다. 물론 눈 속이려는 아이도 간혹 있다. 그 아이를 위해 지적해서 버릇을 고쳐야 된다는 생각도 안 해본 건 아니다. 하지만 또래들 앞에서 붙잡아 기죽이고 망신 주는 것은 자칫 왕따가 될 수도 있다는 생각에 일단 모른

척 그냥 넘어간다.

지구상에서 생명을 가진 모든 동식물에게 가장 소중한 것이라면 물론 생명이다. 이것은 동식물의 본능이다. 하지만 인간세계에선 조금 달라야 되는 거 아닐까. 생명 못지않게 본능적으로 소중한 것이 양심이어야 한다. 선인들은 인간이 만물의 영장인 이유를 지혜, 아이큐 등을 꼽는다. 하지만 내 생각은, 옳고 그름, 선과 악을 구별하는 도덕적 의식이나 마음씨, 즉 양심이 아닐까 싶다.

학생들이 2박 3일 수련회를 오면, 딱 한 번 라면이 허락된다. 둘째 날 밤, 수련회의 절정인 캠프파이어가 끝나는 시간이다. 얼마나 출출한 시간인가. 아이들은 라면도 꿀맛이지만 분위기가 더없이 행복한 꿀맛이다. 저쪽 뒤 기둥에 기댄 아이를 발견했다. 슬그머니 가서 "돈이 없구나?" "예." 나는 두말없이 컵라면에 끓는 물을 부어 물 한 병과 같이 준 것을 반 친구들이 알고 아침부터 와서 애국가를 부른 것이다. 덩달아 내가 큰 업적이라도 세운 것처럼 보람되고 행복했다. 무엇보다 긍정적이고 유머 감각까지 좋은 아이들의 마인드가 너무나 아름다웠다. 앞으로 사회생활의 필수가 될 유머 감각은 지식 못지않게 소중하다. 얼마나 자랑스러운 꿈나무들인가. 어떻게 내 앞에 와서 노래 불러줄 생각을 했을까. 참으로 기특하고 재밌다. 이 맛에 나는 하루의 시작이 즐겁고 콧노래가 나온다. 어제는 귀요미가 천 원을 들고 와서 "할머니, 잘못 거슬러 주셨어요." 했다. 나는 모자라게 준 줄 알고 보니까 6천 원 줘야 할 것을 7천 원 거슬러 준 거란다. "너의 착한 마음에 할머니가 감동이다." 하면서 천오백 원짜리 과자 한 봉지를 쥐어주었다. 그 아이는 얼마나 흐뭇하고 행복할까, 아마 지금 내 기분과 같으리라. 라면 하나로 인해서 기가 꺾인 한 아이에게 행복을 주었고, 그 친구들까지 깨달음을 주었다. 앞으로도 아마 친구들이 그 아이 접하는 마음과 태도가 전과는 다를 것이다. 이것이 바로 소확행이다. 소소하지만 확실한 행복을 느끼며 엮어가는 우리의 미래는 밝고 희망적이다.

·소 확 행·

❀ 소 확 행 (2)

_ 바람 한 점 없는 새벽이건만 생글생글 살랑거리는 몸짓은 교태라 해도 과언은 아닌 듯하다. 어제 해 질 녘에 내 길벗과 마당에 들어올 때는 목말라 죽겠다고 온몸을 비비 꼬며 어깨가 축 처지더니 맑은 물 몇 모금 먹었다고 밤사이 저리도 행복하다. 덩달아 이른 새벽 뒤꼍 밭에 앉아 나도 행복에 젖는다. 오이, 토마토, 가지, 고추는 튼실한 먹을거리 주렁주렁 달고, 취나물에 당귀, 상추 쑥갓, 아욱은 반짝반짝 이파리에 윤기를 더하며 몸짓으로 나를 행복하게 한다. 오늘 아침엔 첫 수확을 한 완두콩 한 줌이 나를 더 행복하게 했다.

"워찌 이렇게 일찍 나오시유? 뭐 좋은 일 있어유? 엄청 좋아 보여유." 뒷집 할머니는 뭐 대단한 농사를 짓는 것도 아니면서 새벽부터 설치는가 싶은 모양이다. "이거 땄어요." 신기해서 들여다보고 있던 완두콩 너더댓 깍지를 자랑하는 나에게, 아침밥 안칠 때 넣으라고 깐 완두콩을 한 사발 주시는 게 아닌가. 자랑하던 손이 어찌나 민망한지 계면쩍어하는 나를 보고 재밌는 듯 미소 짓는 어른이다. 올망졸망 영글어가고 있는 블루베리 한 줌 따서 사발에 담아드렸다.

나는 아침잠에서 깨면 주방 뒷문을 열고 반겨주는 생명들과 행복을 나눈다. 행복에 겨운 이 시간이면 어제 만났던 인연들이 안타깝다. 누구는 무엇으로 인해서 또 누구는 다른 무엇 때문에 걱정 근심이 끊이지 않는 지인들이다. 여기 뒤껼 밭에 앉아서 네 둘레를 살펴보니 내가 제일 행복하다. 참새들이 맞장구를 치며 감나무에서 촐랑거리고 아침 먹으러 온 길고양이는 아예 내가 먹을거리로 보이는 듯 입맛을 다신다. 상추가 하도 푸짐해서 아랫도리 잎을 떼어내면서 "바람이 통하게 해주는 거란다." 마치 말을 알아듣는 것처럼 혼자 설명을 했다.

내 손으로 묻어준 씨앗이 움을 틔우고 생명이 되어 풍성하게 행복을 엮는다는 것이 신비롭다. 내가 탄생시킨 생명들이라 그런지 특별한 정감이 간다. 쑥갓 씨를 뿌릴 때는 날이 가물어서 드문드문 올라와 안타까웠지만 얼마 전 비 온 뒤 보충 씨를 묻어준 것이 요즘 아주 예쁘게 옹알이를 한다.

아들딸 낳을 때의 행복과는 또 다른 맛이나. 우리 아이들 키울 때는 왜 이런 행복을 몰랐을까. 더 깊은 행복이었을 텐데…. 생각하다가 무릎을 쳤다. 욕심이다. 현재의 행복에 만족할 줄 모르고 내 아이 최고로 키울 욕심에 미래를 미리 앞당겨 걱정을 한 것이다. 아이의 옹알이 앞에서 행복해하면서도 그 행복의 뒤엔 욕망 보따리가 도사리고 있었다. '내가 이루지 못한 꿈 꼭 이루게 하리라.' 가슴에 욕망을 담고서는 텃밭에서 느끼는 이런 행복은 절대 맛볼 수 없는 행복이다. 소확행이란 바로 내게 달라붙어 있는 잡동사니들을 다 씻어내야만 얻을 수 있는 작지만 확실한 행복이다.

일전에는 아직 잠자리서 뭉그적이고 있는 시간에 인기척

이 있어서 나가보니 소설가 선배가 비 온다면서 자기네 화단의 꽃모종을 뽑아와 담 밑에 쪼그리고 앉아 직접 심고 있었다. 사람과 사람 사이는 이렇게 달착지근한 정이 흐르고, 세상은 아름답다. 나보다 오륙 년 아우지만 글 쓰는 사람이 밥그릇 수보다 글이 더 중요하기에 선배다. 일이 년 전만 해도 늙은 집보다 가꾸지 못한 집이 창피해서 개방을 못 하던 초라한 집을 도깨비 아우님들과 이 선배가 열어젖히게 해주었다. 내가 세상에 먼저 왔지만 나보다 훨씬 현명하게 사는 아우님들이 있어 나를 잡아준다. 창문 열고 책상에 앉은 지금도 호랑이 콩의 이랑 끝에 두 포기 심어놓은 고수가 안개꽃처럼 소복하게 꽃을 피워 분위기를 살린다. 내 영혼에 잡동사니들 내려놓으면 눈에 띄는 모든 물상이 행복을 준다. 이런 행복을 알지 못하고 아등바등했던 지난 세월이 부끄럽지만 삶의 수순이지 싶다.

✿ 반칙도 기술이다

_ 칠월 초하루다. 폭염 주의보에 위로히는 듯 갈바람이 산들산들 불어주니 얼마나 다행인가 싶다.

기상 이변으로 쏟아붓던 폭력적이던 비는 산 넘어간 것 같은데 코비드19로 인한 사회적 거리두기는 2단계로 조였다. 그동안 적당히 조심하면서 마치 바이러스를 요리조리 피해 다니는 것처럼 나다닌 것을 많이 반성하면서 외출을 취소했다.

땅이 너무 질어서 뽑지 못했던 텃밭에 호미 들고 앉았다. 이게 무슨 조화야? 오늘은 땅이 단단해서 호미가 튄다. 게다가 툭하면 풀독으로 애를 먹는 말썽꾸러기 피부가 걱정인데다가 풀들은 숲을 이루고 있으니 사면초가(四面楚歌)라고 표현해도 될 것 같다.

새벽부터 전쟁터로 향하는 병정처럼 무장하고 비장한 각오로 폴과의 전쟁을 시작했다. 해가 뜰 때까지만 이라고 스스로 약속을 했으니 땀이 제아무리 방해를 해도 아랑곳없다. 옷이 점점 젖어가면서 슬슬 아침밥이 아롱거리자 조금씩 생각이 방향을 돌린다. 오늘따라 어찌 이리 늦은가 싶어서 잠시 허리를 편다는 핑계로 동녘을 향해 일어섰다.

그럼 그렇지, 해가 뜨지 않은 게 아니라 무슨 심술로 짙은 운무가 해를 가리고 있는 것이다. 지금 호미를 놓아도 약속은 지키는 것이다. 장갑 벗고 토시만 벗어도 갈바람이 속까지 시원하게 식혀준다. 가을이 오려고 서풍이 불면 곡식들이 놀랄 정도로 빨리 자라고 익어간다고 해서 "갈바람에 곡식이 혀를 빼 물고 자란다."라는 속담까지 있다. 허나 야속하게도 우리 텃밭은 곡식보다 잡풀들이 앞지른다. 햇살도 더 받고 갈바람도 더 받아 풀씨들이 더 빠르게 영글고 있다. 뿐만 아니라 주렁주렁 달린 호랑이 콩이 풀이 우거져서 썩고 있다. 장마 핑계로 풀을 뽑아내지 못한 탓이지만 풀도 장마도 내 피부도. 하나같이 말썽이다.

인간 세상도 생존경쟁에는 핑계가 통하지 않는다. 인격도 양심도 시대에 따라 융통성이 필요한 것 같다. 어쨌든 이기고, 차지하는 사람들은 텃밭에 잡풀처럼 다 잘 살고 있다. 아무리 정당해도 패자의 밀은 들어주시 않는 세상이다.

축구 경기 중계를 보다가 어쩌면 인간 세상 삶의 현장 같다는 생각을 했던 적이 있다. 반칙도 기술이다. 빙판에서 김동성을 억울하게 실격시킨 오노처럼 너무 티 나는 할리우드 액션은 역사에 기록으로 남을 것이니 불명예스럽다. 그러니까 '적당하게' 이것이 기술이다.

이미 그 기술로 유명해진 세계적 선수도 많지만, 정치판도 마찬가지다. 정치를 하려면 필수가 반칙기술이다. 뻔뻔해야 정치를 한다는 말은 옛말이다. 그 뻔뻔함에다가 할리우드 액션 연기도 잘하며 융통성 있는 거짓말과 지하조직도 엮을 줄 알아야 표식동물이 될 수 있다. 얼마나 머리를 쥐어짜며 얼마나 초조함과 불안함을 안고 살까. 어디 그뿐이랴 심지어 예술 분야까지 뻗고 있는 기술이다.

나는 이대로가 좋다. 부자가 아니라도, 유명인이 아니라도 좋다. 텃밭에서 적당히 땀 흘리고 갈바람을 고마워하며, 샤워기 들고 콧노래 흥얼거린 후, 아침밥이 꿀맛 같은 이대로가 좋다.

소설가 선배 선생님이 직접 덖어 말린 뽕잎차 향기에 글감을 얻어 노트북을 열었다. 서쪽 창에서 시원한 바람이 들어와 폭염 뉴스를 민망하게 한다. 창밖 나뭇가지들이 동쪽으로 기울며 너울거리는 건 확실한 갈바람이다. 들에는 벼 이삭이, 산기슭 밭에서는 콩과 참깨들이 알차게 익으라고 찾아주는 반가운 바람이다.

이렇게 평화롭고 보람된 하루의 시작을 괜스레 엉뚱한 생각으로 장마 탓, 폭염 탓, 바이러스 탓을 했다. 주변 환경이 무슨 짓을 하든, 나는 나다. 내 본분만 지키고 양심이 시키는 대로만 행동하면 세상 무엇도 탓할 필요 없이 평화롭다.

땀과 갈바람의 맛을 알게 되고 그 맛이 얼마나 행복한지 깨달으면 반칙기술 같은 거 그저 줘도 안 한다. 지금의 내 삶은 반칙이 필요 없는 세상이니까.

하지만 선수들이 스포츠맨십(sportsmanship)에 따라 페어플레이 깃발을 앞세우고 등장해서 정정당당을 선서하고 심판도 선서를 하지만 스포츠 중계방송을 보면 비열한 반칙을 가끔 본다. 그럴 땐 선수의 품격까지 떨어진다. 반칙도 적당해야 기술이다.

✿ 좁쌀 한 알

_ 갈까 말까 망설이는 내 시선에 들어온 뒤꼍 블루베리 나무의 빨간 잎이 "어여 가." 손짓하는 듯 살랑인다. 곱게 물든 산천의 풍광도 퍼 담고, 벗님들 수다도 퍼 올리고 싶어졌다. 내가 닉네임을 두레박으로 결정한 것도 일종의 욕심이었지. 글감도 퍼서 담고 사랑도 퍼 올리겠다는 생각이었으니까 욕심이 맞긴 맞다. 부랴부랴 준비를 해서 행복을 주는 길 위의 여자가 되었다. 가끔 만나는 벗들보다는 예술 작품 전시회 같은 금수강산이 더 설레는 나들이다. 어쩌다가 한 번씩 만나는 옛 친구들을 보니 모두들 반갑다. 11월 초순 산천을 닮은 여인들이다. 앉으면 미래 이야기 보다는 지난 추억 꺼내기 바쁘다.

입은 하나뿐이고 음식 먹으랴, 추억 보따리 풀어놓으랴

바쁜 시간이 익어갈 즈음에 1학년 때 짝꿍이 곁에 오더니 "니 상담 일 한다 카더라. 오늘 시간 되면 상담 좀 하고 갈래?" 상담일 그만둔 지는 한참 되었으니 사양했다. "걍 만나 봐 줘." 해서 상담이라 하지 말고 엄마 친구 작가랑 세상 사는 이야기나 한다는 생각으로 나오라 했다. 친구의 아들이 화가인데 요즘 갈등을 겪고 있나 보다. 화가의 길이 힘들면 아버지의 사업을 물려줄 생각까지 하고 있단다. 나는 젊은 이들 만나기를 좋아하지만 젊은 화가께서 나를 시답잖게 여길 것 같아서 처음엔 사양했던 것이다.

젊은 화가와 찻집에서 이런저런 사람 사는 이야기가 꽤 진지할 즈음에 그의 질문이다. 처음엔 나를 대수롭잖게 보는 시선을 느꼈지만, 다행히 대화가 통했나 보다. "어쩌다 걷잡을 수 없이 욕심이 앞질러 가면 선생님은 어떻게 마음을 다스립니까?" 아마 유명화가에 대한 욕심은 이글거리고 능력은 언덕배기에 걸려서 해가 바뀌어도 요지부동인가 보다. 뜻밖의 질문이 아니다. 짐작을 했고, 평소에 가끔은 숙고(熟考)

해 본 문제라 오히려 반가운 화두였다. 이미 젊은이도 해답을 알고 있지만 끄집어내지 못한 거다.

"나는 욕심이라고 무조건 억제하지는 않아요. 추상적이라 할지 모르지만, 주로 호수를 찾아서 설레발 치는 욕심 보따리를 수면에 풀어헤쳐 봅니다. 그중에서 욕망은 두고 욕심부터 가라앉혀 버려요. 내 욕심은 부(富)를 향한 욕심이 아니고, 젊은 시절부터 명예욕 보따리 덩치가 좀 있었어요. 내려놓으려니 참 질기게 잡더군요. 두부모 자르듯 되는 거 아닙니다. 그래도 냉철하게 자를 건 잘라야지요." 잠시 찻잔만 바라보다가

"웬만하면 아직 젊으니까 욕심도, 욕망도 다 묶어놓고 여행을 한번 하세요. 가슴에 욕심이 자리 잡고 있으면 자칫 궤도를 벗어날 수도 있고, 방황하게 됩니다. 하지만 욕망이 가슴을 차지하면 열정을 불러와요. 구 선생은 예술가예요. 예술에는 욕심은 물론 욕망도 장애물이지요. 구 선생도 알다시피 한번 욕망에 물들면 버리기 어렵죠. 억지로 버리려고

애쓰면 더 달라붙어요. 그냥 내버려두고 오직 그림만 즐기고 사랑하다가 자신도 모르게 그림에 빠져들고 미치다 보면 욕심도, 욕망도 사라지는 거 나는 경험했어요."

빙그레 볼웃음을 머금고 그가 다시 꺼내는 말은, 처음에는 대단찮게 여겼던 작은 욕심 하나가 이젠 감당하기 힘들 민큼 무거워졌단다.

"욕심에 무게를 느낀다는 것은 이미 자신도 모르는 어떤 불안감이 싹트고 있음이죠. 말하자면 그 욕심의 무게로 인해 예술적 영혼에 압박을 받는 거요. 심리적으로 볼 때 이 씨앗은 욕심을 더 움켜쥐게 만들어요." 한참 동안 대화를 하는 중에 무엇이 이 사람에게 욕심을 심었는지 알겠다. 주변에서 지나치게 부추긴 것이다.

어릴 적부터 그림과 관련된 칭찬이 과해서 은근히 세기의 유명 화가를 가슴에 품게 된 것임을 알게 되었다. 그 욕심은 그림을 즐길 수 없다. 예술가에겐 가장 큰 장애다. 많은 대화를 했다.

내담자를 만나면 주로 경청을 해야 하는데 이 화가는 처음부터 하소연이 아니라 조언을 듣기 위해 나를 만난 것이다. 이런 경우 본인이 모르고 있는 덕담이 아니라 알고 있지만 잠자고 있는 상식을 깨우는 것이 내 역할이다. 차분한 사람이라 통할 것 같아서 무위당 장일순 선생님의 「좁쌀 한 알」 시를 읊어 주었다. 사람은 누구나 추어주면 어깨가 으쓱해진다. 그때마다 무위당 선생님은 하잘것없는 좁쌀 한 알을 두고 마음을 추스른다고 하신 말씀이다. 세상에 화가의 길을 걷는 많고 많은 사람 중에 나는 조 한 알에 불과하다는 이치를 일깨우면 아무래도 주변의 부추김이 허황되다는 걸 깨닫고 욕망이 고개를 숙일 것이라 생각했다. 그의 표정이 조금 변화를 보였다.

"꿈이 없다면 사람이 살아갈 의욕마저 잃는 거지요. 허나 그 꿈 대신 그 자리에 樂(낙)으로 채우면 안 될까? 교과서 같은 생각이지만 세상을 의식하지 말고 자신이 즐기는 그림을 찾다 보면 빠져들 수 있고, 樂(낙)이 되잖아요. 그림을 포기할 수 있을 정도로 옴살 벗이 아니라면 아버지 일을 도우며 세상과 한통속이 되는 겁니다. 지금 어영부영하면 반거충이 됩니다." 그는 밝은 얼굴로 일어났다. 돌아오는 길 친구의 전화다. 묵묵히 지켜보며 기다리라고 했다. 믿음이다. 아무 말도 하지 말고 아들을 믿으라고 했다.

✿ 사월이 오면 봄이다

      _ 첫눈이 하얗게 산천을 덮고 있는 아침, 지인의 부고를 받고, 극단적인 선택일까 의심을 했다. 지난밤, 눈이 온다고 메시지를 주고받았던 사람이기 때문이다.

영정 앞에 국화 한 송이 놓고 묵념을 하면서 진심으로, 정말 진심으로 명복을 빌었다. 그는 반평생을 반성과 후회로 지옥 같은 삶을 살았으니까 사후의 복은 받아야 된다는 생각에서다. 그의 남편 말을 듣고는 오히려 복 받은 영면임을 알게 되었다.

"지난밤, 함박눈이 온다고 설렌다면서 오 선생과 차 한잔 하고 싶다고 했어요. 두 잔을 준비하더군요. 둘이 창가에서 차를 마시면서 자기는 이렇게 고요하게 눈 내리는 날 잠자

듯 떠나고 싶다고 했어요. 찻잔을 다 비우기도 전에 하품을 하더니 졸린다고 일어나면서 뜬금없이 내 손을 잡고 정말 미안하다고 했어요. 그게, 그게 마지막이었어요."

하면서 손수건을 꺼낸다. 이튿날 새벽 안방에 갔을 때는 이미 심장은 멈춘 상태였다고 한다. 병원에서는 사인을 심장 미비라고 했단다. 믿기지 않을 만큼 영화 같은 영면이다. 아, 이럴 수도 있구나.

사람이 죽음 앞에서 자신의 운명을 받아들이지 못하고 몸부림치며 허우적인다고 치자. 죽는다는 것은 물론 슬픈 것이지만 그런 모양새는 참 흉하고 어리석게 보인다. 마지막 순간까지 한없는 욕망과 집착을 놓지 못하고 살아도 한이요, 죽어도 한이라 발악을 하는 격이다.

마음에 거침이 없고 당당하게 살았거나 건전한 사고(思考)로 올곧은 삶을 살았다면 이미 자신의 죽음 또한 예감하고 있었다는 듯 미소를 머금고 조용히 눈을 감으며 숨을 거둘 수 있을 게다. 나의 간절한 소원이 죽음을 당하지 말고 죽음을 맞이하는 것이다.

그의 죽음 자체는 슬픈 일이지만 인생을 순리대로 마감할 줄 아는 사람인 것 같아 오히려 숭고하다는 생각을 한 것이다. 그는 일생에 딱 한 번 실수로 반평생을 스스로 채찍질하며 생을 보냈다. 내가 보는 그는 참으로 때 묻지 않은 영혼의 소유자였다. 솔직하게 말한다면 그 실수라는 것이 사람에 따라서는 우울증까지 불러올 만큼 대단하게 가책을 받지 않을 수도 있는 일이다. 가해자도 아니요, 피해자도 아니다. 목격한 사실을 확실하게 말해 주지 못했다는 죄책감이다. 그 대상이 어린 제자라서 더 견디기 힘이 들었다는 것도 이해하지만 그래도 좀 오버하는 느낌이라서 내가 가식으로 오인을 했다.

이제 겨우 환갑 나이에 하얀 머리카락이, 곱고 윤기 있는 피부를 돋보이게 하는 조용한 분위기의 여인이었다. 그와 만나면서 차츰 느낀 것은 나 같은 속인은 이해하기 어려울 만큼 정도를 고집하는 사람이다. 그의 맑은 영혼으로 인해, 평생을 믿고 바친 종교가 없어도 성직자보다 더 여유롭고 편안하게 임종을 할 수 있었던 것 같다. 내가 오인한 것도, 복잡한 사회에서 낙오되지 않으려고 동분서주하며 더 차원 높은 지식을 얻으려고 발밭게 뛰고 있는 나와는 거리가 있었기 때문인지 모른다.

어찌 보면 아무 연고도 없는 산골로 와서 속세를 벗은 사람처럼 반성과 후회, 자책을 안고 영혼 불구자로 산 것이 오히려 세상의 때를 묻히지 않는 계기가 되었지 싶다.

산다는 것에 대하여 구구한 해석도 많고 남이 사는 모습에 대한 비평도 많으며 또 자기의 인생에 대해 반성과 후회도 많다. 하지만 해석에 따라 관점에 따라서는 당연한, 너무나 당연한 삶의 과정을 살고 있는 모습이 잔인하도록 무상한 것이 될 수도 있다.

학창 시절에 도서관에서 아인슈타인의 마지막 남긴 말을 접하고, 유명한 사람이라 멋진 말을 남길 줄 알았는데 이게 뭐야, 4월이면 봄이라는 걸 누가 모르냐고 했다.

그 미스터리를 반세기가 넘어서야, 세상살이가 쓰든 달든 먹어야 하는 내 몫이며 당연한 과정이란 걸 알게 되었고, 죽음 또한 당연한 삶의 수순이란 걸 알게 되었다. 그 모든 것을 조용히 인정하고 포용하면서 떠난 과학자 아인슈타인이 임종 때

"사월이 오면 봄이다." 얼마나 적절한 표현인가.

❀ 아들 넷 엄마 이야기

_ 청주시 직지사업부에서 주관하는 시민 1인 1책 만들기 사업에 지도강사 11년째다.

어르신들의 눈물 나는 사연과 웃지 않을 수 없는 사연도 많이 접했다. 눈물 자국으로 얼룩무늬를 만들어 들고 오신 편지지에는, 기가 막히는 사연들이 빽빽하다. 자식의 학력이 곧 신분상승으로 여기시고 오직 자식 위해 살아온 어른, 선택의 여지없이 견디신 어른들까지. 그 사연들을 워드로 치면서 덩달아 울다가 웃는가 하면, 안타까워 가슴 조이기도 했다. 더러는 번득이는 아이디어에 놀라기도 하고, 볼펜으로 꾹꾹 눌러 써 오신 순수한 어머니의 언어에 은근히 정감이 가기도 했다.

지난해, 가슴으로 시를 쓰는 아들만 넷 엄마를 만났다.

큰아들과 셋째까지 초등학생이고, 막내가 유치원 다니는 젊은 엄마에게서 내가 배우는 게 많았다. 그가 써 온 시를 낭독할 때는 눈을 감고 상상을 하며 듣는다. 그의 시에서 휴머니즘을 느낀다. 올망졸망 개구쟁이 넷을 데리고 나가면 사람들이 다들 대단하다 하고, 그래서 아이들 바라보면 자기가 대단한 것이 아니고 아이들이 대단하더란다. 아이들이 나를 힘들게 하는 것이 아니라 나를 살게 한다고 시를 쓴다.

뜻밖에 배 속에 넷째가 찾아 왔음을 알게 된 날 막막해서 울었단다. 남편과 같이 병원엘 가서 아기의 심장 소리를 듣는 순간 아기에게 어찌나 미안한지 잠시지만 반기지 않고 방황한 것 때문에 태명을 축복이라고 짓고 하나님께 기도했단다. "우리 아기에게 축복을 주소서!"

그렇게 아들 넷을 키우면서 행복을 엮어가는 아이들 엄마를 보며 정말 나 자신이 부끄러웠다. 말로만 행복은 하늘에서 떨어지는 것이 아니라 스스로 엮는 것이라면서 긍정적인 해석보다는 부정적인 해석이 많았던 젊은 시절이 많이 부끄럽다. 그 엄마는 모든 일상이 긍정적이고 재미가 있다.

이발소

우리 집은 이발소/ 이발사는 엄마/ 일주일에 한 번 가위를 든다

화장실에 의자 놓고/ 앞치마 두르고/ 영업개시

아빠는 스포츠/ 큰아들 작은아들 투블럭/ 셋째와 막내는 상고

머리마다 다른 스타일/ 부족한 실력 한껏 발휘하면/ 이번 달 이발비 벌었네

…

개구쟁이들이 저지레를 하면 어차피 엎어진 물, 화를 내기 보다는 차라리 한바탕 같이 놀아주면서 아이들에게 뒤처리

를 하게끔 유도하는 지혜로운 엄마다. 그러니 아이들은 구김살 없이 맑고 밝게 자랄 수밖에 없다. 인품은 부모님의 영향을 많이 받는다.

"형제간에 우애가 좋아야 하느니라." 이렇게 교육하던 조선시대 교육이 아니라 함께 즐기면서 협동심을 키우는 것이다.

가구 만들기

아빠는 못질/ 아들 둘은 사포질/ 막내아들은 뛰어다니고
엄마는 막내 잡으러 다니고/ 모두들 제 역할을 감당
하느라 바쁜 소리

드르륵 탕탕 쿵쿵 슥삭/ 아빠 엄마와 함께라서/ 더
신이 난 아이들 웃음소리까지
완성된 테이블을 보고/ 환호성을 지르는 아이들/ 우

리 아빠 최고가 절로 나온다

　함께 함이 더 즐거웠던 시간/ 모두의 기억에/ 아름다

운 시간으로 저장될 소중한 날

　－(공예비엔날레 참여 일환으로 가구 만들기 하고 온 날)－

　지난 1년 동안 아들 넷 엄마를 보면 평소에 짜증을 잘 내
지 않기 때문인지 얼굴에는 항상 푸근한 미소가 담겨있다.
올해 장남이 중학생 되고, 막내가 초등생이 되었다. 하지만
한 번도 찡그린 얼굴을 못 봤다. 그냥 지켜보는 것만으로도
내게는 덕담이 되고 본보기가 된 분이다. 이번에 발간하는
시집의 제목을 『다섯 남자와의 로맨스』로 결정했다. 4형제
건강하게 자라서 엄마에게는 영광스런 아들, 사회에는 중요
한 구성원이 되기를 기원한다.

☙ 아베 노부유키의 고별사

_ 고등학교 입학하고 처음 받은 국
어교과서에 청춘의 피가 끓는다는 대목이 있었지만, 그 끓
는 피는 입시를 위해 고스란히 식혀야만 했다. 입시 관문을
지나 드디어 교양을 위한 책을 고르는 자유가 왔을 때쯤이
다. 무슨 책인지 제목도, 저자도 기억나지 않지만 늘 뇌리를
맴도는 대목이 있었다. 식민지 조선의 마지막 총독이며 지금
의 일본 아베 총리의 친할아버지인 아베 노부유키가 조선을
떠나면서 고별사로 말한 대목이다.

「우리는 패했지만, 조선은 승리한 것이 아니다.

장담하건대 조선인이 제정신을 차리고 옛 영광을 되찾으

· 아베 노부유키의 고별사 ·

159

려면 100년이 더 걸릴 것이다. 우리 일본은 조선인에게 총과 대포보다 더 무서운 식민교육을 심어놓았다. 조선인들은 서로 이간질하며 노예적 삶을 살 것이다. 그리고 나 아베 노부유키는 다시 돌아온다.」

생각할수록 소름 돋는 무서운 말인데 뿐만이 아니다. 그는 맥아더 사령부의 심문에서(1945년 12월 11일)

"(중략) 한국인은 아직도 자신을 다스릴 능력이 없기 때문에 독립된 형태가 되면 당파 싸움으로 인해 다시 붕괴될 것이다."

이렇게 답변하면서 일본의 식민정책은 오히려 한국인에게 이득이 된 정책이었다고 당당하게 항변했다는 기록이다.

이 기록을 접할 당시 갓 스무 살이었던 나는 깊은 생각도 없이 단순하게 '우리 정신 차려야겠구나.' 정도였지만 날이 갈수록 점점 그 고별사가 마치 예언처럼 맞춰지고 있는 현실에 소름 돋는다. 더군다나 그의 친손자 현 아베 전 총리는 지금 열심히 역사를 왜곡하며 청소년에게 거짓 역사를 주입시키고 있으니 기가 막힌다. 게다가 우리의 정치 마당은 당파 싸움으로 붕괴될 것이라는 아베의 뜻에 더더욱 맞춰주고 있다. 또한, 서구 열강의 승리로 인한 해방이니 조선의 승리가 아님도 사실이다.

무섭다. 저들의 조선점령이 몇 년 만 더 길었더라면 우리는 언어도, 민족성도 다 상실하고 치욕을 치욕인지도 모르며 있으나 마나 한 목숨을 부지하고 있을지도 모른다. 고구려인의 활기찬 민족성과 그 기백, 그 정기는 조선 500년 양반의 나라가 죄다 사르고 어쩌다가 이런 국민이 되어버렸다.

서구의 민주주의 사상은, 인간의 존엄성을 아주 당연히 보장받는 민중에 의한 지배라면 조선 오백 년은 우리 백성에게는 그런 생각조차 차단하고 굽실거리는 습관만 키웠다. 그래서 일본의 강제점령에 쉽게 패배와 타협하고, 굴욕에 순종적인 적응을 해왔는지 모른다. 순종에 익숙해진 영혼

없는 삶이었다.

현재도 어처구니없게 역사와 주변을 외면하고 국민을 청맹과니로 만드는 정치인들, 지성인들에게 묻고 싶다. 일장기, 오성홍기, 인공기 등 주변에서 펄럭이는 깃발들이 섬뜩하지 않을까 싶다.

정치 마당처럼 일단 지향부디 걸정해 놓고 그 저항의 명분을 찾는 뒷걸음질은 하지 말아야 된다. 천년만년 썩은 思考(사고) '권위의식'에서 벗어나서 우리는 우리를 찾아야 한다. 오늘을 살면서 오늘을 책임지고 오늘과 맞부딪쳐서 의무와 권리 행사를 하는 책임감이야말로 참 나를 찾는 길이요, 참 민주주의로 가는 길이라고 생각한다. 아베 노부유키의 발언에 치 떨리지 않는가?

✿ 근대사를 돌아보다가

　　　　　　　　_ 역사를 공부하다 보면 나라가 망하는 과정이 대부분 권력다툼이나 왕가의 지나친 사치가 원인이 된다. 조선의 마지막 또한 다를 바 없다. 시아버지와 며느리의 권력 다툼에 한쪽은 청을 부르고, 한쪽은 왜를 불렀으니 나라 꼴이 어찌 정상일 수 있으랴.

　고종은 왜 내 나라, 내 백성의 아우성을 듣지 못하고 당파 싸움에 청맹과니가 된 조정 대신들의 말만 듣고 우매하게도 동학농민 궐기에 청의 힘을 구걸했을까. 그 구걸이 나라를 빼앗기는 노둣돌이 될 줄이야. 고종황제의 뒤늦은 후회와 통탄은 36년 일본의 강점으로 백성을 지옥으로 인도했다. 왕의 귀와 눈을 막은 조정 대신들이 원망스럽다.

결국, 궁금령(宮禁令)에 의해 꼼짝없이 갇힌 고종은 가슴도, 감각도 꽁꽁 묶였다. 이에 못지않게 얼어붙은 순종도 힘이라는 것이, 세력이라는 것이 어떤 것인지를 온몸, 온 가슴으로 실감한다. 우물 안의 임금이면 우물 안에서라도 기를 펴야 할 게 아닌가. 허나 내 우물에서 소위 왕이라는 사람이 내 백성들보다 더 힘을 쓸 수 없게 되었다. 어찌다가 객이 왕에게 궁금령(宮禁令)을 내리고 가둘 수 있는 세상이 되었던고. 허긴 21세기에도 세력만 키우면 왕도 가두는데 무슨 할 말이 있겠나.

일본은 조선을 발판으로 해서 대륙으로 진출하는 것을 반세기 넘도록 계획하고 준비한 일이다. 그동안 우리 조선의 조정 대신들은 세상 정세가 어떻게 변하고 있는지는 알려고도 않고 보복정치 파당싸움에만 여념이 없었다. 철새 떼처럼 황금에 몰리고 세력에 몰려다니던 대신들은 이미 친일 포대기에 감싸여서 듣도 보도 못했다. 아니 들을 필요조차 없다. 자기들은 친일이니까 세상이 뒤집히면 뒤집힌 세상에서 여전히 대감 노릇하면서 배부르게 살면 되니까 세상이야 엎어지든 바로 가든 상관없다.

일본이 러시아와 전쟁을 한다면 조선은 쑥대강이가 될 것임을 알고 있는 고종은 온갖 몸부림을 치는데 이기적인 손익계산에 바쁜 조정의 철새들은 친일에 매수되어 방해만 한다. 이완용을 중심으로 얼마나 철저하게 세뇌되었으면 영혼 없는 철새 중에는 진심으로 자신들이 애국인 줄 아는 자도 있다. 뒤떨어진 조선을 개혁해서 세계와 맞서는 나라로 키워주겠다는 꼬임에 줏대 없이 빠진 게다.

고종은 할 수 있는 일은 다 해보았다. 1903년 시위대 1만 2천여 명을 갖춘 후 육군과 해군 창설 준비와 용산에 군부 총기 제조소를 건립하지만 약해질 대로 약해진 고종의 세력은 조정의 친일 철새들, 가르친 사위들의 방해가 지나치게 심해서 아무것도 할 수가 없다. 일제는 세계의 이목이 있으니 명분을 만들기 위해 툭하면 조약이니 의정서니 이름 붙여 강제로 낙인을 했다. 그나마 제국익문사를 거점으로 비

밀리에 움직이는 애국 지식인들과 먼 타국에서 온 헐버트 같은 선교사들이 고종의 희망이요, 믿음이다. 헐버트 선교사의 귀띔으로 헤이그에서 만국평화회의가 열린다는 것을 알고 손을 쓰지만, 인간의 심리는 서양이라고 다를 바 없다. 뜨는 해를 반기지 날갯죽지 부러진 대한제국의 손을 잡아줄 리가 없다.

러일 전쟁을 위해 땅이 필요했던 저들은 '황무지 개간권을 주면 황무지를 개간해 주겠다.' 등 번지르르한 명분으로 땅을 점령했다. 대한제국의 시정개선을 위해 통감의 지도를 받는다(사실상 내정간섭)는 협약을 만들어 조정의 실권까지 장악했다. 저들은 쉽게 먹혀들어가는 조선의 대신들이 얼마나 한심했을까. 얼마나 재미있었을까? 이용을 하면서도 속으로는 철새대감들을 비웃겠지. 그 옛날 자기네 조상들이 굽실거리던 조선 선비들이 조센징이 되었다고 즐겼을 것이다. 청·일전쟁에서 패한 청과 조선은 서구 열강국의 수탈 대상이 되는가 하면 승리한 일본은 서구 자본주의와 맞서 승승

장구한다.

　반세기를 참을성 있게 야금야금 조선의 조정을 점령한 분통 터지는 역사를 우리는 잊지 말아야 한다. 아니, 잊지 않는 정도가 아니라 정신 바짝 차려야 한다. 36년의 지옥 같은 세월보다 나라가 몇 갑절 후퇴한 것이 더 복장을 친다. 우리들의 부모님처럼 지나고 나서 후회하는 일은 없기를 바란다. 좌파니 우파니 세력 다툼할 때가 아니라는 말이다. 요즘 세상 돌아가는 분위기가 불안 불안해서 걱정이라도 해보는 것이다. 21세기라면서 죄목도 없이 왕을 먼저 가둬놓고 죄목을 만들어 끼어 맞추는 일제와 다름없는 세상이 꿈인가 현실인가 싶어 해본 걱정이다.

✿ 을사오적(乙巳五賊)

_ 아무리 얼렁뚱땅해도 역사는 살아있다. 역사는 오늘의 진실을 우리의 후손들에게 선한다는 것을 명심하며 되새기고 싶어 오늘은 을사오적을 꺼내본다.

러·일전쟁이 발발하면서 일제는 그해 5월 각의에서 대한방침(對韓方針)·대한시설강령(對韓施設綱領) 등 한국을 일본의 식민지로 편성하기 위한 새로운 대한정책을 결정하였다. 그해 제1차 한·일협약(한·일 외국인고문 용빙에 관한 협정서)을 체결, 재정·외교의 실권을 박탈하여 우리의 국정 전반을 좌지우지하게 되었다. 그 사이 러·일전쟁이 일본에 유리하게 전개되어 아시아에 대한 영향력이 커지자 일본은 한국을 보호국가로 삼으려는 정책에 더욱 박차를 가하게 되었다. 그래서 열강국의 승인을 받는 데 총력을 집중하였다. 먼저 미국의 태프트·가쓰라(일본) 밀약(속된 말로, 니들은 조선 먹어라. 대신 우리는 필리핀 먹겠다.)을 체결하여 사전 묵인을 받았으며, 영국과 제2차 영·일동맹을 체결하여 양해를 받았다. 이어서 러·일전쟁을 승리로 이끈 뒤 미국의 러시아와의 강화조약에서 한국 정부의 동의만 얻으면 한국의 주권을 침해할 수 있다는 보장을 받게 된다.

일본이 한국을 보호국으로 삼으려 한다는 설이 유포되어 한국의 조야가 경계를 하고 있는 가운데, 포츠머스회담의 일본 대표이며 외무대신, 주한일본공사, 총리대신 등이 보호조약을 체결할 모의를 하고, 추밀원장(樞密院長) 이토[伊藤博文]를 고종 위문 특파대사 자격으로 한국에 파견하여 한·일협약안을 한국 정부에 제출하게 하였다.

서울에 도착한 이토는 다음 날 고종을 배알하고 "짐이 동양평화를 유지하기 위하여 대사를 특파하오니 대사의 지휘를 따라 조처하소서."라는 내용의 일본 왕 친서를 봉정하며 일차 위협을 가하였다. 나흘 후 다시 고종을 배알하여 한·

· 을사오적(乙巳五賊) ·
169

일협약안을 들이밀었는데, 매우 중대한 사안이라서 조정에서 극심한 반대를 했다. 결국, 일본 공사는 한국 정부의 각부 대신들을 일본 공사관에 불러 한·일협약의 승인을 꾀하였으나 결론을 얻지 못하자, 이토는 궁중에 들어가 어전회의(御前會議)를 열게 되었다.

이날 궁궐 주변과 시내의 요소마다 무장한 일본군이 경계를 서는가 하면 본회의장인 궁궐 안에까지 무장한 헌병과 경찰이 거침없이 드나들며 위협을 가하고 있었다는 기록이 있다. 이런 공포 분위기 속에서도 어전회의에서는 일본 측이 제안한 조약을 거부한다는 결론을 내렸단다. 이토가 주한일군사령관 하세가와[長谷川好道]와 함께 세 번이나 고종을 배알하고, 정부 대신들과 숙의하여 원만한 해결을 볼 것을 재촉하였다고 한다.

고종이 참석하지 않은 가운데 다시 열린 궁중의 어전회의에서도 의견의 일치를 보지 못하자 일본공사가 이토를 불러왔다. 하세가와를 대동하고 헌병의 호위를 받으며 들어온 이토는 다시 회의를 열고, 대신들 한 사람 한 사람씩 따로 조약 체결에 관한 찬부를 물었다. 부정부패 약점이 있는 자라면 거부 못 하리라. 저들은 그 약점을 쥐고 있으니까.

이날 회의에 참석한 대신은 참정대신 한규설(韓圭卨), 탁지부대신 민영기(閔泳綺), 법부대신 이하영(李夏榮), 학부대신 이완용(李完用), 군부대신 이근택(李根澤), 내부대신 이지용(李址鎔), 외부대신 박제순(朴齊純), 농상공부대신 권중현(權重顯) 등으로 기록되어 있다.

이 가운데 한규설과 민영기는 조약 체결에 적극 반대하였다고 한다. 이하영과 권중현은 소극적인 반대의견을 내다가 권중현은 나중에 찬의를 표하였다고 한다. 다른 대신들은 이토의 강압에 못 이겨 약간의 수정을 조건으로 찬성 의사를 밝혔단다. 격분한 한규설은 고종에게 달려가 회의의 결정을 거부하게 하려다 중도에 쓰러졌다.

이날 밤 이토는 조약체결에 찬성하는 대신들만 불러 다시 회의를 열고 자필로 약간의 수정을 가한 뒤 조약을 승인받

· 을사오적(乙巳五賊) ·

앗다.

박제순·이지용·이근택·이완용·권중현 다섯 명이 조약체결에 찬성한 대신들이다. 이를 '을사오적(乙巳五賊)'이라 한다.

〈한국민족문화 대백과사전에서 발췌〉

✿ 예인 공옥진

＿ 자신의 망가진 모양새를 내놓기
싫은 것은 인간의 본능이다.

특히, 여인들은 흐트러진 모
습을 더 감추고 싶어 한다. 대물
림 예인의 집안에 태어난 공옥진
님 또한 여인일진대 어찌 곱사등
이에 사팔뜨기가 되고 싶었을까.
대중을 즐겁게 해주고 싶은 그
끼보다도 못생긴 곱사등이의 처절한 한을 풀어주고픈 예인
의 본능이 아닐까 싶다. 비록 몸이 불편하지만 이렇게 한을
풀 수 있다는 것을 몸짓으로 보여주는 게다. 원망과 슬픔이
아닌 흥으로 한을 푼다.

네이버 백과사전에는 병신춤을 두고 "서민들은 농악을 치고 춤을 추는 가운데 양반의 위선을 풍자하고 모욕하는 의미에서 이 춤을 추었다."라고 되어있다.

몇 해 전 이애주 서울대 교수님의 강의를 듣고 잠시 질문할 기회가 있어서

"교수님, 6월 항쟁 때 거리에서 한을 푸신 그 춤을 저는 잊지 못합니다. 그 몸짓과 표정이 하도 절절해서요. 누군가의 초대에 의해 거리로 나가셨나요, 자발적인가요?"

"저요, 누가 오란다고 거리로 뛰쳐나가는 사람 아닙니다. 때와 장소를 불문하고 그곳엔 내가 필요하다 싶을 때 어디든 갑니다. 같은 한을 품은 국민들의 아우성에 나도 몸짓으로 표현하고 싶었지요."라고 하셨다.

"그러시다면 그것은 창작 춤이 아닌 감정을 즉흥적으로 발산한 몸짓이군요."라고 여쭈었더니 바로 그것이란다. 계획된 창작도 아니요, 계획했던 몸짓도 아닌 즉흥적인 감정의 발산. 이글거리는 가슴 속 분노 또는 한을 온몸으로 표현하

는 것이다. 그렇구나, 우리들이 화가 나서 소리 지르는 것이나 슬퍼서 질러 우는 행위처럼 몸으로 통곡하는 것이라는 걸 알게 되었다. 그날의 그 몸짓과 표정은 인간의 분노, 저항과 슬픔이 여과 없이 표출된 정서였다. 예술은 찬미보다 저항성, 철학성이 깃든 표현일수록 무게를 느끼고 공감을 한다.

민족의 한을 풀기 위해 뛰어든 춤꾼 이애주 님과 서민애환의 주제가 되는 공옥진 님의 병신춤은 누구도 흉내 낼 수 없는 타고난 끼와 예인의 열정이다. 특히 공옥진 님의 병신춤은 단순한 병신 흉내가 아니다. 전문가의 말에 의하면 고통으로 경련하는 한 많은 신체의 히스테리를 격렬한 몸짓 발작을 통한 카타르시스, 즉 억압된 감정의 응어리나 상처를 발산함으로써 강박관념을 없애고 안정을 찾는 것, 이것이 병신춤이 베푸는 위안이요 안도감이라고 한다. 듣고 보니 공옥진 선생이 더 대단해 보인다. 곱사등이로서 할 수 있는 최대한 몸짓 표현이다. 내 몸이 정상이 아니고 불구가 된 아픔과 한을 몸짓으로 표현할 수 있다는 것은 몸과 영혼에 예술의 끼가 배어 있는 그분만이 가능하다고 생각한다.

징용으로 끌려간 아버지를 구할 수 있는 방법을 찾기 위해 일곱 살 어린 나이에 일본으로 팔려가다시피 간 공옥진은 왜인의 하인으로 살다가 또 팔려가고 열 살에 최승희 무용가 밑으로 가게 되었단다. 온갖 수난을 다 겪으며 춤꾼이 되어 누구도 따를 수 없는 경지에 이르렀지만, 그분을 두고 무형문화재 심사할 때 누군가는 일본인의 하인이었다는 것을 이유로 반대했다는데 적잖이 놀랐다. 또 다른 이유는 병신춤이 창작이 아니라 모방, 즉 병신의 흉내라는 이유였다니 심사위원은 예술인이 아닌가 싶었다.

사실은 창무극 「심청가」는 오랜 세월 체득하고 전수된 종목이 아니라서 「문화재보호법」에 위배되기 때문에 무형문화재로 지정될 수가 없었다. 하지만 말년에 그분은 겨우 전라남도 무형문화재 일인 창무극 「심청가」 예능보유자로 봉했다고 한다. 하지만 허울만 중요무형문화재 기능보유자일 뿐 진짜 인정받아야 할 국악계에서는 「문화재보호법」에 위배된 지정이라는 이유로 껄끄럽게 여긴다.

그 사연은 유인촌 문화체육관광부 장관이 공옥진 선생의 비참하리만큼 힘든 삶을 방송으로 보고 찾아가서 위로하면서 문화재 지정을 약속했기 때문이란다. 문화재 등록 같은 중요한 문제는 그래도 학문적 검토와 당위성 등 소정의 절차를 거쳐야 했다. 국악인들의 입장은 충분히 이해하지만, 공 선생 같은 예인에게는 특별 케이스로 봐주면 좋겠다.

「문화재보호법」의 모순점도 전문가들과 연구해서 수정할 부분은 수정하면 좋겠다. 예능을 원형 그대로 무형문화재로 보존하고 보호하면서 따로 그 작품의 재조합을 할 수 있도록 해야 국악이 다양한 방향으로 발전하지 않을까 나 혼자 생각해 봤다.

✿ 길 위의 여자

_ 길을 좋아한다. 길은 행복의 샘이다. 오싯깃, 오길동 등은 주변에서 준 별명이다.

길에만 나서면 내 표정이 달라진단다. 말하지 않아도 행복이 보인다며 놀린다. 가끔은 스트레스 해소를 위해 길벗과 스피드를 즐기기도 하지만 지루하지 않게 구불구불 변화를 주는 구부러진 길이 더 좋다. 볼 것이 많아서 눈이 즐겁고 눈만 즐거워도 몸과 마음이 다 따라서 즐겁다. 내 길벗을 쉬게 두고 산기슭 굽은 농로를 걷다 보면 꽃향기 지나서 거름 냄새, 거름 냄새 지나면 풀냄새, 여기저기 다투어 소리 높이는 풀벌레 소리와 새소리는 더욱 기분 돋우는 선물이다. 더러는 비포장 농로에서 작은 물웅덩이를 만나면 수면의 그림은 파란 하늘과 구름을 바탕으로 애니메이션이 된다. 무엇보다 이런 길에서 만나는 사람들이 좋다. 덩달아 뇌가 좋아하고 가슴이 행복해한다.

얼굴은 마음의 통로다. 말은 거짓으로 할 수 있지만, 얼굴은 거짓이 없다. 그래서 좋아하는 마음이 저절로 티를 내는가 보다.

찜통더위라고 전국이 떠들썩한 판에 올여름 나는 몸에 필요 없는 것이 생겨 며칠 전에 떼어내고 딸네서 회복 중이다. 간단한 수술이지만 담당의 말로는 깊이와 넓이가 있어서 통증이 꽤 있을 거란다. 가족들은 그 통증이라는 말에 안쓰럽게 여기는 표정으로 나를 바라본다. 움직일 때마다 딸의 시선이 내게로 쏠린다. 지금 내가 실제로 겪는 고통은 따로 있지만 아무도 모른다. 소파에 앉아서 저 멀리 보이는 강둑길, 벚나무길이 간절한 것을.

오늘은 애써 거뜬한 척했다. 내 거동을 본 식구들이 마음 놓고 출근들 했다. 필요 없다며 던졌던 복대를 꺼내 단단히 졸라 두르고는 신나게 아파트 후문을 빠져나왔다. 나지막한

야산과 복숭아밭 사이 구불구불 농로가 어쩌면 이렇게 나를 행복하게 하는지, 길을 좋아하지 않을 수가 없다. 산이 길을 품었는지 길이 산을 품었는지, 길이 복숭아밭을 보듬 었으면 어떻고 밭이 길을 보듬었으면 어떠랴. 산과 길 그리고 들과 강이 서로가 서로를 보듬어 안고 조화롭게 어우러진다. 한참을 걷다 보면 왜 한반도가 금수강산인가를 알게 된다.

지금 걷고 있는 구부러진 농로가 오르막 내리막 구불구불 살아온 내 삶을 닮았다. 사춘기 때는 한길이 부러웠고, 여유를 찾은 지금은 구불구불 적당히 구부러진 길을 좋아한다. 여유롭게 즐길 수 있는 길임을 오늘 더 실감하고 있다. 남색 작은 트럭이 지나가고 맞은편에서 오던 발발이 한 마리도 내 눈치를 살피며 지나갔다. 삽 한 자루 들고 논에 나오신 어르신께 보온병에 담아 온 얼음물 한잔 드리니 누런 치아를 다 내놓고 행복해하신다. 과수원에서 나오던 할머니가 쭈뼛거리신다. "드릴까요?" 했더니 "나 말구 우리 손자유."

하며 손잡고 있던 손자를 앞세우신다.

그렇게 물 한 모금도 서로 요긴하게 나누고 복숭아 두 개 얻어오면서 어찌나 기분이 좋은지 역시 행복은 구부러진 길, 구부러진 삶에서 익어간다. 몰래 빠져나온 산책이라 더 재밌다.

제법 고급스러워 보이는 승용차가 서더니 길을 묻는다. "미안합니다, 나도 나그네라 모르겠네요." 했더니 차에서 중년 부부가 내려서 아예 기슭에 자리 잡으며 말을 걸어온다. 행정구역이 세종시로 되어있고 앞으로 전망이 좋다고 해서 초등학교 교사였던 아내의 퇴직금으로 여기 조치원에 땅을 샀단다. 한껏 좋기도 하지만 한편 불안해서 이 지역 주민들 여론을 듣고 싶단다. 실은 이쪽 조치원서 세종 방향이 계속 땅값이 오르는 추세지만 부러 말하지 않고 "이미 등기부 등록된 것을 두고 여론 들어서 뭐해요. 오르면 행운이고, 내리면 운이 아닌 거죠. 그냥 복덩이라 여기며 간직하시지요." 했더니 그들도 긍정적인 태도다. 농사를 직접 짓겠다고 해서 1

년 만이라도 실습하는 셈 치고 전문 농부에게 맡겨서 눈여겨 배운 뒤에 농부가 돼라 했다. 이곳 농부와 인연을 만들면 도움이 되기 때문이다. 한참을 앉아 이런저런 삶의 이야기로 주거니 받거니 하다가 그들은 세상사는 법을 배웠다는 말을 남기고 자리를 뜬다. 부부의 연금은 풍족한 삶의 여생을 받쳐줄 것이고, 두 분의 뒷모습이 참 평화로워보였다.

구불구불 살아온 사람끼리 만나는 것도 열린 소통이요, 고속도로에서는 맛볼 수 없는 휴머니즘이다. 그래서 적당히 구부러진 길에서 사람냄새 섞으며 어우렁더우렁 산책하듯 걷는 길을 좋아한다. 내게 남은 삶도 산책하듯 편하게 즐겨야겠다.

✿ 천둥 번개와 감자

＿ 유례없이 난폭한 태풍이 온다는 예보에 주변 잡도리를 단단히 하면서 가족들에게 안전 점검 철저히 하라는 메시지도 발송했다. 문인협회 행사도 취소 연락을 받았고, 개인 스케줄도 취소했다.

씨름 선수가 상대와 맞붙기 전에 눈씨로 기 싸움부터 하듯 잔뜩 벼름벼름 벼르고 있었지만, 태풍은 아주 싱겁게 지나고 말았다. 다행이다 싶으면서도 한편으론 살짝 황당했던 사람들의 마음을 눈치챈 것일까 아니면 하늘도 재미가 없었는지 뒷북을 친다. 물 폭탄놀이라도 해서 맛을 보여주고 싶었나 보다. 하필이면 안심하고 텃밭에 가을 상추며, 아욱 등 씨앗을 뿌리고 배추는 모종으로 사다가 심어놓은 뒷밭에 파릇파릇 예쁘게 머리를 내민 날 천둥과 번개를 몰고 온 폭우가 무섭게 난리법석이다. 불안, 불안해서 보일러 스위치 켜려고 보던 책을 막 덮는 중에 마당에서 번쩍하고 불기둥이 서더니 동시에 "콰당 짜르르." 지둥 치는 소리에 어찌나 놀랐는지 펄쩍 뛰면서도 자동으로 로봇처럼 보일러 스위치를 켰다.

나는 헤미다 친둥소리만 나면 불 지피는 아궁이가 없으니 대신 기름 태우는 연기라도 굴뚝으로 올려보낸다. 동시에 습관처럼 어머니의 피 감자가 생각이 나서 압력밥솥에는 감자가 들어간다. 어릴 적 어머니는 꼭 오늘 같은 날이면 미처 껍질 벗길 새도 없이 급하게 씻은 감자를 까만 솥에 넣고 소금을 뿌리고는 불을 지피셨다. 마른 나무를 두고도 연기가 많이 나는 잘 안 타는 나무를 골라 지피는 것이 이상해서 눈물을 닦으면서 여쭤본 적이 있다. 어머니의 대답은 부러 연기 많이 피운다고 하셨다.

"여자 구름 끼리 만나거나 남자 구름 끼리 맞닥뜨리면 저렇게 싸워서 번개가 치고 벼락이 떨어지거든. 그래서 연기를 피워 올리면 끼리끼리 만나는 그 구름 사이에 연기가 들어가서 싸움을 말려준단다." 하셨다. 일거삼득이었다. 눅지근한 방을 보송보송하게 습기를 말려주고, 구름들의 싸움을 말려서 벼락도 예방해 주는가 하면, 짭조름한 피 감자 먹는 재미가 그중에서 으뜸이었다. 그 후 나는 여름비만 오면 천둥소리를 기다리는 어린이가 되었다. 감자 찌는 솥에서 올라오는 김과 냄새는 참으로 어린 나를 행복하게 했다. 뜸이 들어야 된다고 기다리라는 어머니 당부를 알면서도 한손에는 젓가락을 쥐고, 한손은 솥뚜껑을 열기 위해 행주를 들고 조금씩 조끔씩 솥뚜껑을 열었다. 그러다가 어머니에게 들키면 화상으로 팔과 얼굴에 흉터가 심한 뒷동네 점순이처럼 된다고 놀라곤 하셨다. 그땐 뜸 들이는 시간조차 어찌나 지루한지 빈 젓가락만 수없이 빨았다. 어머니 말씀처럼 내가 참 위험한 짓을 많이 한 것 같다. 어릴 적부터 나는 왜 그리도 호기심 많고 겁이 없었는지 위험한 짓을 할 때는 꼭 어른들의 주의 말씀을 대뇌면서 했다. 초등 1학년 때는 나무 위에서 뛰어내리다가 부러진 나무 꼭지에 발이 찔려 상처가 아물다가 덧나다가 1년을 고생한 적도 있다. 그때도 발에 물들어 가면 안 된다는 의사선생님의 주의 사항과 어머니의 걱정을 명심하면서도 여름 장마철 물을 피하지 못했다.

호기심과 모험을 좋아하다가 다친 적도 많았는데, 그 습성이 대물림 된 것일까 아들이 비슷한 행동으로 다친 적이 많다. 녀석이 너더댓 살 즈음이다. 커다란 보자기를 망토처럼 걸치고 600만 불의 사나이라고 자신의 키보다 높은 국기 게양대 버팀대에 올라가서 뛰어내린 게다. TV에서 보는 600만 불의 사나이처럼 등에 걸친 보자기 망토가 휘날리며 공중을 나는 상상을 한 것 같다. 얼굴이며 팔은 물론 피범벅이 되어서 들어왔다. 그나마 뼈는 무사하고 겉만 다친 것이 얼마나 다행인지 모른다.

아이의 호기심을 너무 억제하지 않으려고 신경 쓴 것이 이렇게 황당할 때도 있었다. 엄마의 만만찮은 성격 탓이겠지만 후회는 않는다. 싸우고 코피를 흘리며 들어와도 울지만 않으면 혼내지 않았다. 누구랑 왜 싸웠느냐 묻지도 않았다. 허나 울면서 들어오면 매를 들었다. 그렇게 내 아이들에게는 독한 엄마였다. 어릴 적 별나던 내가 어른이 되어서도 별난 엄마가 된 게다.

반세기를 보낸 지금도 여전히 천둥소리만 나면 보일러 스위치에 손이 가는 습관은 버리지 못한다. 여전히 피 감자는 전기 압력솥 품에 안긴다.

✿ 영화 「마이웨이(My Way)」

_ 살아 움직이는 모든 생명체는 생활 자체가 선택의 연속이다. 특히 인간에게는 식사 중 요것 먹을까, 조것 먹을까 반찬을 선택하듯 사소한 것부터 삶에서 한 번뿐인 아주 중요한 선택까지 모든 선택은 스스로 자유롭게 하는 것이 민주국가의 국민이다.

우리 민족이 일본 강점기는 자신의 길을 선택할 권리를 빼앗겼다. 나의 선택, 나의 길이란 없었다. 내 땅에 내가 농사지은 곡식도 온전히 내 것이라 할 수가 없었다. 지금 우리들은 현재 누리고 있는 자유에 별 관심 없거나 중요성조차 모르는 경우가 많다.

오래전 보았던 영화를 지난밤 또 보았다. 「마이웨이」.

2차 세계대전, 미군과 연합군이 노르망디 상륙작전에 성공했을 때다. 독일군 포로들을 조사하는 과정에서 일본어도, 중국어도 통하지 않는 동양인이 있어 조선인이라고 판단했단다. 그때 남은 사진 한 장. 그 한 장의 사진이 소설과 영화가 된 것이다.

우리의 젊은이들에게 'My way(나의 길)'란 없던 시대. 얼마나 큰 시련의 소용돌이를 겪었으며 그 고비마다 얼마나 질기게, 질기게 견뎌 왔던가. 역경을 보여주는 영화다. 조선의 주인공이 적군의 군인이 되자, 적이 되어야 할 두 주인공은 같은 일본국 군복을 입고 고난의 길이 시작된다.

경성에서 필리핀, 북만주, 시베리아 벌목장, 노르망디까지 12,000Km를 선택의 여지 없이 끌려가서 적이 아닌 적에게 총질을 해야 했다.

당시 한국의 대표 배우라는 장동건(김준식 역) 주연과 일본의 대표 배우라 불리는 오다기리 조(타츠오 역)에 강재규 감독이다.

영화의 간단한 줄거리는 제2의 손기정을 꿈꾸는 준식과 일본의 육상 1인자며 같은 꿈을 가진 일본군 대좌의 손자 타츠오는 어린 시절 만나자마자 달리기 대결을 한다. 두 소년이 자라서 올림픽 마라톤 선수를 선출하는 경기에 출전했다. 저들의 방해공작에도 불구하고 준식은 타츠오를 이기고 결승 테이프를 가슴으로 받아냈다. 하지만 결과 방송은 준식이 타츠오의 진로를 방해했다는 거짓 이유를 붙여 탈락시킨다. 그러자 조선인들은 쌓였던 분노까지 폭발하고 만다. 타츠오는 시상대에 오르지 못하고 경기장은 아수라장이 되고 말았다. 그 빌미로 준식과 조선 청년들은 일본군으로 강제 징집되어 필리핀으로 간다. 그 전투에 타츠오는 일본군 대좌가 되어 준식 앞에 나타났다.

전세가 많이 불리하자 타츠오는 "천황의 군인은 오직 전진뿐이다."를 외치며 후퇴하는 부하들을 직접 권총으로 쏜다. 그 발악을 준식은 말리며 위험 상황에서 타츠오를 구해주었다.

준식은 죽음밖에 보이지 않는 극한 상황에서도 꿈은 놓지 않고 밤마다 홀로 달리기 연습을 했다. 자신의 길은 오직 달리기뿐이기 때문이다. 타츠오는 미워야 할 자신을 구해준

준식의 때 묻지 않은 모습과 자신에게는 없는 불굴의 집념을 보며 적대감과 열등감으로 준식에게 더 혹독하게 했다. 그러나 변함없는 준식의 인간성에 결국 타츠오의 마음속에 우정이 싹튼다. 일본군이 패하고 둘은 시베리아 벌목장으로 끌려가 온갖 극한 상황에 부딪고 준식은 타츠오를 죽일 기회가 왔지만 칼을 땅에 꽂는다.

벌목장에서 다시 소련 군복을 입고 노르망디까지 실려 가서 독일과 맞싸운다. 소련군이 패하자 준식은 소련 군복을 벗고 죽은 독일군의 군복을 입는다. 마침 나타난 타츠오에게도 독일 군복을 던져준다. 그날 밤 준식은 탈영을 시도한다. 탈영이 성공에 가까울 때 연합군과 미군의 노르망디 상륙작전이 이뤄지고, 그 전투에서 준식은 죽어가면서도 자신의 군번 목걸이를 타츠오에게 준다.

"조선인 김준식으로 살아남아라. 여기서 전범 일본인은 무조건 죽인다."

이 장면에서 나는 우리 민족의 뜨거운 정(情)이 가슴 깊은 바닥에서부터 이는 것을 느꼈다. 사랑보다 강하고, 부드럽지만 질긴 것이 정이다. 우리 민족의 은근과 끈기다.

김준식으로 살던 타츠오는 몇 년 후 김준식의 이름으로 올림픽에 출전하고, 준식을 생각하며 다른 선수들을 제치고 쭉쭉 앞서 달린다. 저만치 앞에서 준식이 손짓하는 듯해서 더 힘이 솟는다. 누구를 위해 달리며, 누구의 길을 달리고 있는 걸까.

· 영화 「마이웨이(My Way)」 ·

2부

세상은 아름답다

✿ 납월매

_ 기분 좋은 날 열린 마음으로 사물을 보면 아름답지 않은 것이 없다. 반대로 우울한 마음으로는 꽃을 보아도 슬퍼 보일 때가 있다. 오늘은 좋은 사람들과 아름다운 곳만 찾아다닌 여행길에서 들뜬 기분으로 만났으나 어쩐지 터질 듯 샐룩거리는 꽃봉오리들이 가련타. '도와주세요!' 누군가를 간절히 부르는 몸짓이 애틋해서 안쓰럽다. 아마 오늘따라 뒷산 백설을 쓸고 온 바람결이 유난히 매서운 탓인지도 모르겠다. 그나마 구름 사이로 쏟아주는 햇살폭포를 대웅전 지붕의 골기와가 품어 그 온기를 아기들에게 풍기는 듯해서 다행이다.

섣달에 핀다는 홍매화를 보기 위해 금둔사엘 왔다. 금둔사는 낙안읍성에서 북쪽 선암사 방향으로 꼬불꼬불 산길을 2km

도 채 못 가서 금전산이 품고 있는 소박한 절이다. 절을 보듬어 안고 있는 산 이름이 금전(金錢)산이라? 아이러니하다 싶었으나 석가모니의 제자인 금전비구라는 이름에서 따왔다고 한다. 절 이름 금둔에서 금(金)은 부처님, 둔(屯)은 싹이 돋는다는 뜻으로 중생은 각기 부처 성품을 갖추고 있어 누구나 부처님이 될 수 있다고 한다. 정유재란 후 새로 지은 절집이 아담하지만 6세기 말 백제 때 창건되어 1400년 역사를 품고 있단다.

제주도를 제외하면 한반도에서 가장 먼저 터뜨린다는 금둔사 홍매화가 터질 듯 말 듯 아직 샐룩거리고 있다. 원래 음력 섣달에 핀다고 해서 섣달을 뜻하는 납월을 빌려 납월 매라고 이름 붙여주었다는데 낼 모래가 구정인 줄도 모르고 저렇게 애만 태우고 있다. 굳이 시망스러운 날씨 탓으로 돌릴 수 없는 것이 통도사에는 폈다는 소식을 접하고 온 터이다. 자발없이 촐싹거림도 못마땅하지만 지나친 느림도 실망을 준다. 한편으로는 열지 못하는 곤욕을 우리가 어찌 짐작이나 할까 생각하면 안쓰럽기도 하다.

·납월매·

낙안 읍성의 어느 부잣집에서 600살 드신 홍매화를 지허 스님께서 발견하셨단다. 꽃 절로 유명한 선암사에서도 못 본 희귀종이라 어렵게 종자를 구했지만 여러 차례 실패 끝에 겨우 살린 것이 여섯 그루라고 한다.

거뭏게 언 둥지의 알몸은 있는 힘 다해 삭풍과 겨루고 땅속뿌리는 쉼 없이 따뜻한 젖을 밀어 올려 *쏘불쏘불* 가지 끝 작은 봉오리 하나도 놓치지 않고 먹이고 있다.

그래 더디 더디 피어라. 혹시라도 발밭은 벌 한 마리 열매 맺게 해줄지 모르잖아. 이 할미는 그냥 너를 보는 것만으로도 가슴 에이는구나.

겨울이 가기도 전에 꽃을 피우니 후손을 얻지 못해 안쓰럽게 여기시던 지허스님의 심정이 지금의 내 마음 같으랴. 식물이나 동물이나 제 새끼 애틋하지 않을까만 이 할미는 요즘 부쩍 그립다. 희끗희끗 눈을 녹이지 못한 산등성이는 호젓하다 못해 슬프다. 저 눈 다 녹으면 깔깔거리며 아가들 피어나려나.

2015년 2월 13일, 그래도 제일 먼저 터질 듯 말 듯 아기들

❀ 납월매 (2)

     _ 지난해 섬 여행을 목표로 길을 나섰다가 바람의 방해로 방향을 돌려 섣달에 오신다는 아씨 납월매를 맞이하러 남쪽으로 갔다. 기대했던 자신이 미안할 만큼 칼바람에 떨고 있는 봉오리들만 만나서 애처로움을 한 아름 안고 온 적이 있다.

  작년에 못 만난 아씨를 오늘은 만날 수 있으려나 기대를 하면서 궁합 좋은 인연들과 그곳엘 갔다. 일부지만 그래도 활짝 열고 반겨주는 아씨들을 오늘은 만났다. 말로 형용할 수조차 없이 예쁘지만, 어찌나 애처로운지 대놓고 좋아하기가 미안할 정도였다.

  음력으로는 구정 전과 구정 후의 차이지만 양력으로는 2월 13일 지난해와 같은 날임에도 불구하고 그녀는 가녀린 모습을 살짝 열어준 것이다. 숭고한 자태, 산골짜기 얼음을 훑어 온 바람에도 여린 봉오리들이 앙증맞게 꽃잎을 열었으니 숭고하다고 하는 것이다. 북풍한설 못잖게 상처를 주는 입춘 머금은 찬비가 심술을 부리고 있는 날이기에 더 애처롭다. 그래서 백설을 헤집고 피어나는 납월매의 자태는 아름다움에 고고함이다. 여수 오동도에서 보는 동백꽃은 같은 섣달이지만 무성한 이파리들의 보호를 받으며 피는 꽃이라 그런지 이렇게 애처롭지는 않았다. 보호받아야 할 아씨들을 내놓고 찬비에 흠뻑 젖은 가장이들도 내가 보기엔 편찮게 떨고 있다. 편치 못한 것은 가장이에 의지한 채 아씨들을 받들고 있는 잔가지들이 더하다. 그 모습을 바라보는 나도 활짝 웃기가 민망했다.

밤이 이슥한 지금도 바깥은 눈발이 날린다. 그 여린내기 꽃잎들이 눈발에 상처받고 칼바람과 찬비를 이겨내려니 삶이 얼마나 버거울까 싶다. 아무리 흘린 땀만큼 보람이 따르는 것이 세상 이치요, 섭리라지만 땀과 비교할 수는 없으나

·납월매 (2)·
201

아픈 만큼 보람이 있을까. 찬비를 봄비라고 표현하는 마인드를 가진 좋은 인연들이 수백 리 길 멀다 않고 달려가 반기는 것만으로도 그 아픔이 씻겨지기를 간절히 바랄 뿐이다. 우리들의 삶도 저러하든가. 고달픈 시간들은 우주 공간의 먼지로 날려보내고, 하고 싶은 말들은 가슴 깊은 곳으로 밀어넣으며 얼굴로 미소를 만들면서 산다.

떨고 있는 납월매를 보면서 때를 잘 타고나야 한다는 어른들 말씀이 생각난다. 그래서 선인들이 덕을 쌓으라고 하셨나 보다. 나는 오뉴월에 태어나 어머니가 산후조리조차 제대로 할 수 없게 했으니 이미 태어나면서부터 불효인가 싶다. 큰 덕은 쌓지 못해도 누구에게도 폐를 끼치지 않기를 노력하며 살아왔다. 이 생각, 저 생각 생각의 꼬리가 길다.

밤이 이슥하도록 낮에 본 홍매화의 애처로움이 가시지 않는다. 칼바람에도 꽃잎을 열어 우리들에게 기쁨을 주는 납월매 못지않게 아름다운 인연들이 나에게 행복을 안겨줬다. 축복받은 삶이요, 좋은 세상이다.

2016. 2. 13.

·납월매 (2)·

❀ 세상은 아름답다

_ 겨울 날씨치고는 평화로운 날이다. 아침부터 서둘러 손녀랑 기분 좋게 도서관엘 갔다. 올겨울은 손녀 덕에 도서관에서 시간을 값지게 엮고 있다. 점심도 도서관 건물 내에 있는 식당을 이용하니 편리하다. 오후 세시 반경에 손녀의 신호에 따라 집에 갈 채비를 하던 중 자동차 열쇠가 없다. 한참을 헤매다가 그럴 리는 없겠지만 그래도 혹시 차에 꽂아 두고 왔을까 싶어 주차장에 나왔다가 그만 '쿵' 심장이 무엇과 부딪는 것 같은 충격을 받고 말았다. 내 차의 배기통이 하얀 증기를 폭폭 내뿜으며 똑똑 물방울까지 떨어트리고 있다. 시동은 물론 히터조차 끄지 않은 게다. 그것도 종일.

하늘이 무너지는 것 같더라는 말은 들어봤지만 이런 기분인지는 몰랐다. 아주 큰 충격이다. 내가 원래 야무지지 못하고 허술한 구석이 많은 편이지만 몸도, 마음도 강건하다는 것은 자타가 인정하는 바였다. 세월이 나를 특별히 봐줄 수는 없었나 보다. 손녀 앞에서 콩팔칠팔 늘어놓을 수 없어서 조용히 왔지만, 저녁도 거르고 누웠다.

이런저런 악몽에 시달리느라 어리마리 아침이 되었다. 마음 다스리기는 산중이 좋기도 하고 이래저래 속리산 자락으로 향했다. 내가 무슨 재주로 쑥대강이처럼 얽힌 심기를 단 몇 시간에 풀까. 쭉쭉 뻗은 솔버덩이 한가운데서 딴엔 정성 들여 마음잡기 기도를 하고 막 일어나는데 반가운 전화다. 대화 중에 속리산이라고 했더니 오겠단다. 마치 구원의 손길 같았다. 청주서 예까지 달려오겠다니 갈등의 속내가 텔레파시로 통했나 보다.

쏜살같이 달려온 좋은 사람들과 맛난 점심도 즐거웠고, 함박눈을 맞으며 만수리 계곡을 지나 화북 쪽으로 드라이브하면서 금수강산을 음미했다. 군데군데서 함박눈을 머리에

이고 찰칵찰칵 사진도 찍으며 수다스럽게 떠들다 보니 내게 무슨 일이 있었는지 다 잊어버렸다. 화양동 채운암에서 스님과 차 한 잔 나누며 오가는 좋은 말씀들까지 덤으로 얻었으니 금상첨화가 아닌가. 웃고 떠들어도 오가는 말이 허투루 버릴 언어들이 아닌 사람들이다. 참 좋은 인연들이다.

멋진 드라이브를 아쉽게 마칠 무렵 "예쁜 사람은 예쁜 짓만 한다."라는 옛말처럼 시인 오라버님께 연락해 보란다. 저녁 같이하고 싶다는 의견에 좋아서 전화를 했다. 역시 흔쾌히 장소까지 정해주시며 눈발 날리는 해거름에 귀찮다 않으시고 함께하셨다. 작은 음식점에서 조촐한 저녁 식사가 참 정겹고 따뜻했다. 그 느낌을 말로 표현했다.

"오늘 하루 참 행복했어요." 진심이었다.

"그려, 그날그날 행복을 느끼면서 산다는 것, 그거이 중요한 겨. 아주 보기 좋구먼." 하신다. 대접하려던 점심은 물론 저녁까지 내가 대접을 받고 말았다. 언제나 즐거움을 받기만 하는 것이 늘 마음에 걸려서 나는 진심으로 '좋은 인연들에게 축복을 주소서.' 기도했다. 오늘은 좋은 사람들과 더불어 행복이 겨운 날이었다. 나는 인덕이 많은 사람이며, 참으로 복 받은 사람이다. 누가 뭐라 해도 세상은 아름답다.

2015년 1월

· 세상은 아름답다 ·

✿ 좋은 인연

_ 바깥에 무슨 일이 벌어지고 있는 줄도 모르고 뭉그적이고 있는데 휴대폰이 들썩인다. 반가운 분이다. 아직 이불 속임을 눈치채지 못하게 하려고 목 다심부터 한 후에 응답하는 목소리를 높은음으로 잡고서 "야~." 했더니 "이렇게 백설이 하얗게 쌓이는데 뭐해요? 얼른 나와요." 하면서 시간과 장소를 알린다. 아직 동살이 다 번지지도 않은 창문을 열어보니 백설이 제법 두껍게 깔렸다. 강아지처럼 뛰고 싶어졌다.

그는 언제나 이렇게 행복의 문을 열어주는 고마운 인연이다. 한껏 부푼 마음으로 우리 좋은 인연들이 만나서 눈길을 헤집고 산길을 오르는 동안 누군가 소원을 빌며 하나둘 쌓아올린 계곡의 돌탑에도 하얗게 하늘 솜이 쌓였다. 저 소원들이 이뤄지기를 기원하며, 나도 오늘 함께한 인연들의 건강을 빌었다.

발가벗은 활엽수 가장이에 소복소복 앉은 하얀 눈과 상록수들이 고봉으로 한 쟁반씩 들고 있는 솜사탕이 대조적인 매력으로 빠져들게 한다. 먼 산의 몽환적인 풍광에 입을 다물지 못하다 보니 각연사다. 대웅전에서 고려 태조 왕건의 스승이며, 혜종, 정종, 광종에 이르기까지 왕사로 모셨다는 통일대사상 앞에서 모르고 있던 역사 한 토막 담고 나왔다. 비로전 석조 비로자나불 앞에서는 종교적인 숭배보다 작품성으로 눈여겨보며 광배에 새겨진 불꽃무늬와 당초무늬, 아홉 화상불에 어울리게 대좌 또한 야단스럽지 않을 정도만 화려하다. 아마 평범하고 오밀조밀 오동통 귀엽기까지 한 불상과의 조화를 위한 노력인가 보다. 불상의 나발과 육계가 차별 없이 펑퍼짐해서 더 평범해 보였고, 그래서 더 임의롭고 정이 갔는지도 모른다.

우리는 환상의 세상에 들어온 기분으로 좋아했지만, 눈구

덩이 고갯길을 넘을 때는 운전하시는 선생님의 표정부터 살폈다. 얼마나 긴장이 될까만 다행히 긴장된 표정이 아니라 함께 즐거워해주는 배려에 진정 고마웠다.

원풍리 마애불을 그냥 스쳐 갈 리가 없지, 잠시 인증샷을 하고 수옥폭포를 찾았다. 온통 하얀 백설세상 한가운데서 물안개를 피우며 떨어지는 폭포수를 보자 대중가요 한 토막이 떠올랐다. "저 세월은 고장도 없느냐…." 폭포수도 엄동설한이지만, 여전히 고장 없이 흐른다. 우리 좋은 인연들도 고장이 없기를 기도했다. 연세 드신 두 분 시인도 추운 겨울에 움츠리지 않고 천진스럽게 즐거운 표정에 시인의 순수함이 엿보였다.

작은 세재, 지릅재를 넘으며 아직 안개를 덜 벗은 먼 산 설경은 말 그대로 몽환적인 설산이며, 이국의 풍경 같아서 절로 감탄사가 나왔다. 일행은 모두 말로 형용할 수가 없어 뱃구레서 올라온 저음으로 "야~!"를 거듭할 뿐이다.

월악산 등산로 초입을 지나 제천 방향으로 오다가 그는 어느 아담한 휴게소 옥상으로 올라가 누워있는 여인의 모습을 닮은 월악산 영봉도 놓치지 않고 한 컷 하도록 안내해 주었다.

충주로 넘어가 국제조정경기를 했던 충주호를 바라보고 있는 중원탑 앞에서 잠시 역사를 메모하고 용전리 입석마을 의 고구려비까지 둘러보았다. 고구려비에 관해서는 따로 설 명한 적이 있어서 그냥 넘긴다.

너무나 뜻밖에 보람된 하루를 엮었기에 고마운 마음으로 감사 기도를 했다. 내가 사람 복 하나는 잘 타고나서 아름다 운 인연을 맺게 되었다.

십오여 년 전 문학 공부를 시작했을 때 처음 사람과 사람 의 관계가 참 조심스럽다는 것을 알게 되었고, 지금은 좋은 사람들을 만나면서 행복은 역시 사람과 사람 사이에서 피어 난다는 것을 실감하고 있다. 같은 방향을 바라보며 같은 길 을 동행하는 문인 선후배님들이라서 관광보다는 수준 높은 답사가 된 하루였다. 게다가 원로 시인 오라버님의 한마디, 한마디 하시는 말씀마다 삶의 밑거름을 주시니 더 좋은 날이 되었다. 종일 게으름에서 벗어나지 못할 뻔했던 하루를 이렇게 값진 날로 엮어준 시인님께 고마운 마음과 축복을 기원하는 마음 엮어서 보낸다. 당신은 복 받으실 겁니다. 두 손 모아 복을 빌겠습니다.

✿ 행복의 씨앗

　　_ 아름다움이란 역시 완벽한 조화에서 느끼는 감정이다. 아름다움을 느낄 줄 알면 행복을 안다. 청량한 가을 하늘과 활엽수들이 어우러져 너울너울 춤추는 산, 열차 아래로 흐르는 맑은 물과 옆에서 같이 좋아하는 동행까지 완벽한 조화였다. 가슴 뛰는 아름다움에 온몸과 마음을 풍덩 빠트린 행복한 나들이였다.

　아무리 왼고개를 저어도 더 강렬해지는 가을 타는 내 습성이 마음 벗 아우님에게 까꿍! 신호를 보냈다. 둘이서 떠나자던 말 유효하냐고. "까꿍." 좋아하는 표정까지 실은 답이다. 언제나 긍정적인 마인드로 같은 하늘을 바라보는 아우님은 내 맘 벗이고, 길벗은 별명이 월광(sonata)인데 만난 지 십 년이 넘은 애마이다.

우리는 일상을 온새미로 다 내려놓고 길벗의 품에 안겨 가을 하늘만큼이나 맑은 마음으로 석송령을 찾아 아침 인사를 했다. 소나무가 납부하는 재산세와 나의 재산세를 비교하며 쓴웃음을 짓기도 했다.

현기증이 날 정도로 가파른 길에서 전진과 포기가 시소(seasaw)를 타지만, 극복하고 올라서니 청량사 5층 탑 앞에 앉은 부처님이 빙그레 웃으며 "욕봤데이." 하시는 것 같다. 본전이 유리보전이다. 주불이 약사여래이기 때문이라고 한다.

시간 때문에 지체할 겨를 없이 주 목적지인 협곡열차를 타러 가기 위해 꼬부랑 산길이지만 포장을 잘해놓았다고 칭찬을 하며 달렸다. 휴게소라는 늙은 간판이 희나리가 되어 졸고 있는 산기슭 외딴집에서 시골 맛이 살아있는 도토리묵밥은 잊고 있던 옛날 시골 친구 집 간장 맛을 떠올리게 했다. 잠시 그 친구의 어머니를 생각했다.

드디어 시간 맞게 봉화 분천역에 도착했다. 분천역에서 강원도 철암역까지 옛날 석탄 실어내던 계곡 철길을 따라 스위스 관광열차풍의 빨간 옷을 입은 열차가 첩첩산중 협곡을 시속 30km로 산책을 한다. 우리나라에서 가장 작은 역이라는 양원역에서 잠시 산중 공기를 마시는 동안 고개를 들어 면적이 좁아진 하늘을 보니 여름 내내 뭉쳐있던 뭉게구름이 산에 앉은 활엽수들의 부채질에 흩어져서 새털구름이 되고 지친 나무들은 점점 노랗게 마지막 아름다움을 뽐낸다. 자연의 아름다움은 보는 이의 마음 자세에 의해 달라짐을 실감한다. 아름다움이란 홀로 이룰 수 없다. 삶의 섭리를 저버리지 않는다면 우리 인간 사회의 조화도 더 아름다울 수 있지 않을까 싶다.

오늘 하늘과 산, 바람과 물, 산 내음과 벗의 완벽한 조화 속에서 행복의 씨앗을 받았다. 장독대 옆에 다소곳이 앉아 채송화랑 봉숭아 꽃씨 받는 여인네처럼 행복의 씨앗을 받아 가슴에 담았다. 오는 길에 사랑하는 길벗이 몸살이 나서 퍼질러 앉았지만, 낮에 받은 행복의 씨앗과 동행한 아우님, 그리고 걱정하며 달려오신 듬직한 보호자 선생님이 큰 위로가 되며, 아픈 마음을 보듬어주었다. 길벗을 입원시켰지만, 아우님 부부가 든든한 배경이 되었기에 슬플 때나 아플 때 싹 틔워 위로받을 추억의 씨앗을 받은 행복한 날이다.